SONHO DE UMA NOITE DE VERÃO

Tradução e adaptação
WALCYR CARRASCO

SONHO DE UMA NOITE DE VERÃO

WILLIAM SHAKESPEARE

2ª edição revista e ampliada (teatro e prosa)
São Paulo

Ilustrações
WEBERSON SANTIAGO

MODERNA

COORDENAÇÃO EDITORIAL Maristela Petrili de Almeida Leite
EDIÇÃO DE TEXTO Marília Mendes
COORDENAÇÃO DE EDIÇÃO DE ARTE Camila Fiorenza
DIAGRAMAÇÃO Michele Figueredo
ILUSTRAÇÕES DE CAPA E MIOLO Weberson Santiago
COORDENAÇÃO DE REVISÃO Elaine Cristina del Nero
REVISÃO Adriana C. Bairrada
COORDENAÇÃO DE *BUREAU* Américo de Jesus
TRATAMENTO DE IMAGENS Marina M. Buzzinaro, Resolução arte e imagem
PRÉ-IMPRESSÃO Alexandre Petreca
COORDENAÇÃO DE PRODUÇÃO INDUSTRIAL Arlete Bacic de Araújo Silva
IMPRESSÃO E ACABAMENTO Vox Gráfica
LOTE 795283
COD 12091224

A TRADUÇÃO E A ADAPTAÇÃO FORAM BASEADAS NA EDIÇÃO:
A MIDSUMMER NIGHT'S DREAM, DE WILLIAM SHAKESPEARE.

Dados Internacionais de Catalogação na Publicação (CIP)
(Câmara Brasileira do Livro, SP, Brasil)

Carrasco, Walcyr
Sonho de uma noite de verão / William Shakespeare ; tradução e adaptação Walcyr Carrasco ; ilustrações Weberson Santiago. — 2. ed. — São Paulo : Moderna, 2013. — (Série clássicos universais)

Título original: *The midsummer night's dream.*

ISBN 978-85-16-09122-4

1. Teatro - Literatura infantojuvenil,
I. Shakespeare, William, 1564-1616. II. Santiago, Weberson. III. Título. IV. Série.

13-12008   CDD-028.5

Índices para catálogo sistemático:
1. Teatro : Literatura infantojuvenil   028.5
2. Teatro : Literatura juvenil   028.5

EDITORA MODERNA LTDA.
Rua Padre Adelino, 758 - Quarta Parada
São Paulo - SP - Brasil - CEP 03303-904
Vendas e Atendimento: Tel. (11) 2790-1300
www.moderna.com.br
2024
Impresso no Brasil

Sumário

SONHO DE UMA NOITE DE VERÃO

Marisa Lajolo

Verão, sonhos & noites: elementos românticos

Poucos títulos de obras literárias têm ecos tão românticos e bonitos como o desta peça de Shakespeare: *Sonho de uma noite de verão*... A frase costuma deixar leitores e espectadores banhados em luar, sonhando de olhos abertos, suspirando apaixonados.

Não é assim com você?

Escrita e encenada no finzinho do século XVI, por volta de mil quinhentos e noventa e pouco, esta peça constitui o que, naquele tempo, era chamado de *comédia*. Na época, *comédia* era uma peça de teatro com final feliz. O que é *final feliz?* Ora, claro que você sabe... É uma história que termina reunindo aqueles que se amam, os jovens fazendo valer suas vontades.

O que combina bem com o romantismo do título, *Sonho de uma noite de verão*, não é mesmo?

Shakespeare no Brasil

Shakespeare nasceu na Inglaterra, em 1564, em uma encantadora cidadezinha chamada Stratford-upon-Avon. Fez carreira em Londres e muitos e muitos anos se passaram — na verdade, séculos — até sua obra chegar ao Brasil.

Pelo que hoje se sabe foi apenas em meados do século retrasado (século XIX, os anos de mil e oitocentos) que peças shakespearianas começam a ser representadas no Rio de Janeiro. Na década de trinta do século XIX — por volta de 1835 —, a Companhia Teatral de João Caetano, um excelente ator, começou a levar à cena peças do dramaturgo inglês. João Caetano arrebatou plateias e mais plateias no papel de Hamlet, uma das mais queridas personagens de Shakespeare: é de Hamlet uma das falas mais famosas da literatura ocidental: *ser ou não ser: eis a questão*. Em inglês: *to be or not to be: that is the question*.

Se com João Caetano os brasileiros puderam assistir a Shakespeare, foi um pouco depois disso que, pela primeira vez, um texto de Shakespeare pôde ser *lido* em português.

J. A. de Oliveira Silva, no livro *Traduções, e originais, poesias* (RJ: Lombaerts & Cia, 1875), publicou trechos shakespearianos, entre os quais uma passagem de *Sonho de uma noite de verão*. Na realidade, um dos trechos mais líricos da peça, em que um coro de fadas entoa canções para que a rainha das fadas adormeça em paz.

Você pode conferir — na página 60 deste volume — a versão que Walcyr Carrasco deu a esse trecho que há mais de um século encanta leitores brasileiros: as pequenas fadas exorcizam animais indesejáveis e propiciam tranquilidade ao sono de sua rainha.

De lá para cá, peças e poemas de Shakespeare circulam cada vez mais em português, em diferentes montagens e inúmeras traduções e adaptações.

Este livro é exemplar do desafio que o escritor inglês representa para escritores brasileiros.

E é também exemplar de como bons escritores, como Walcyr Carrasco, se saem magnificamente bem do desafio.

Shakespeare neste livro

Neste volume, Shakespeare vem em dose dupla.

Primeiro, vem uma tradução da peça, mantendo características do gênero teatral, como identificação das personagens, divisão do texto em atos e cenas, indicação da movimentação dos atores.

Na sequência, Walcyr Carrasco recria a história da peça teatral em prosa corrida. Para isso, muitos diálogos da peça original são substituídos por trechos narrativos, e a história é conduzida por um narrador que não hesita, inclusive, em dialogar com o leitor. Qual leitor? Todos nós, ora... eu, que li os textos para escrever estas linhas, e você que está agora com o livro nas mãos e sob os olhos!

Nos diálogos entre as personagens, nas indicações de cena, a trama se constrói aos poucos, alternando cenários e protagonistas e mantendo, em Português, os vários recursos de que se valeu o autor no texto original em inglês, destacando-se, sobretudo, a presença de alguns textos em versos.

A história

Todo bom livro tem uma história.

E este — veja só! — tem bem mais do que uma!

São diferentes histórias de amor que se entrelaçam na história e, nesse entrelaçamento, o enredo se unifica: em torno de um casal central (Teseu e Hipólita) reúnem-se outros casais igualmente apaixonados, cujo amor encontra os mais engenhosos obstáculos. O *amor verdadeiro* é sempre posto à prova: da prepotência de um pai muito autoritário às travessuras de Puck, os apaixonados se veem às voltas com ameaças de morte, poções mágicas, legislação rigorosa.

Para compor esta história — que alguns pesquisadores acham que foi encomendada para ser representada na festa de casamento de algum nobre inglês do tempo de Shakespeare — o escritor se valeu de várias fontes: Teseu e Hipólita vêm da tradição grega, enquanto os duendes e as fadas parecem inspirados em um fundo folclórico local. Trata-se de uma peça que, talvez por articular diferentes tradições culturais, permite diferentes adaptações e encenações. E por isso inspirou tantas montagens e filmes, dentro e fora do Brasil.

Teatro no teatro

O enredo amoroso da peça — você já sabe — faz cruzarem-se várias histórias de amor. O que as reúne é o fato de elas se relacionarem, de alguma maneira, aos preparativos para a festa de casamento de Hipólita e Teseu.

É a propósito da celebração desse casamento que *Sonho de uma noite de verão* ganha inesperados desdobramentos. A Inglaterra histórica entra na peça por meio de um concurso de peças teatrais e de danças a serem apresentados durante a festa de casamento.

Um grupo de cidadãos resolve concorrer com a peça *Príamo e Tisbe* (Sim! É a *peça na peça*). A peça de Shakespeare faz, assim, seus espectadores assistirem a ensaios e à representação da *outra* peça. Ou seja, a peça *Príamo e Tisbe* faz parte da peça *Sonho de uma noite de verão.*

Quanta *peça*, não é mesmo?

É essa *peça na peça* que proporciona boas risadas aos espectadores. Risadas que constituem um contraponto interessante ao sentimentalismo do enredo amoroso.

O palco no tempo de Shakespeare

No tempo de Shakespeare, mulheres não participavam de peças teatrais. Os papéis femininos costumavam ser representados por homens. Máscaras e roupas eram responsáveis pela ilusão da plateia, que *via* figuras femininas onde homens contracenavam.

Príamo e Tisbe, que um grupo de cidadãos decide encenar para ser apresentada na festa de casamento de Teseu e Hipólita é uma peça trágica e romântica. O enredo gira em torno do amor entre jovens (que dão nome à peça) contrariado pelas famílias. Oooops! você pensou em *Romeu e Julieta*, do mesmo Shakespeare? Pois é: muitos pesquisadores concordam com você. Como na história dos amantes de Verona, *Príamo e Tisbe* não tem *happy end*, muito pelo contrário. Mas os atores são tão trapalhões, que as risadas da plateia são inevitáveis e acabam substituindo as lágrimas.

É devido ao elenco e aos ensaios de *Príamo e Tisbe* que *Sonho de uma noite de verão* propõe questões atualíssimas.

Numa época tão midiática como este início do século XXI, reconhecemos nesta obra de Shakespeare questões que até hoje dizem respeito ao mundo do espetáculo. A disputa entre atores por papéis mais importantes, a diplomacia do diretor para acalmar os ânimos, as providências da cenografia para garantir a compreensão da plateia, a liberdade do diretor para reescrever passagens do *original*... da televisão ao teatro, essas mesmas questões se colocam hoje.

Ponto para Shakespeare, não é mesmo?

A mitologia, o fantástico, o cotidiano

Deixando a Inglaterra histórica, vamos ao mundo da fantasia.

Teseu e Hipólita têm — digamos — biografia registrada em grandes histórias da mitologia grega: Hipólita era a rainha das Amazonas e Teseu derrotou o Minotauro. Foi de lá que essas personagens *migraram* para uma peça escrita e encenada na

Inglaterra do século XVI. Já os atores da representação de *Príamo e Tisbe* viviam nos arredores do palácio de Teseu, eram figuras populares: um marceneiro, um alfaiate, um tecelão... Eles, com certeza, identificavam-se com figuras e profissões contemporâneas de Shakespeare, o que dá à peça um plano cotidiano e realista.

Mas — e põe *mas* nisso! — parte importantíssima da história que *Sonho de uma noite de verão* encena fica por conta de figuras folclóricas, inspiradas em tradições muito antigas: as fadas, seu rei Oberon e sua rainha Titânia, os duendes e, sobretudo, Puck.

Moradores todos de um bosque, as figuras fantásticas cruzam o espaço entre o real e o mitológico. Seus feitiços e encantamentos atingem igualmente os humanos e os lendários: Helena, Lisandro, Fundilho e até Titânia.

É no cruzamento destas esferas — a mitológica, a fantástica e a cotidiana — que avulta a figura de Puck. Elfo, espírito, duende... são muitas as designações que essa simpática e encantadora figura recebe da multidão de estudiosos e fãs de Shakespeare. E tão sedutora é essa figura, que, atravessando oceanos e séculos, ela chega ao Brasil do século XIX, quando o poeta Olavo Bilac usa o pseudônimo Puck numa antologia de poemas irônicos. E no século XX Monteiro Lobato, ao tematizar o Saci Pererê, usa a figura de Puck como elemento de comparação.

Talvez pela sua importância e por seu caráter sedutor, são de Puck as palavras de encerramento da peça. E, com a licença do bardo inglês, as tomamos emprestadas para ponto final desta apresentação:

(...)

A este fraco e preguiçoso enredo

Não mais que um sonho, um sonho somente

Gentis espectadores, se não acharam bem-feito

Perdoem! Da próxima vez tomaremos jeito!

Boa-noite para todos vocês

(...)

Livros e *sites* consultados

+ Appignanesi, R. (adaptação) Brown, Kate. (ilustrações). *A midsummer night's dream* (*Manga Shakespeare*). London. Selfmadehero. 2012.

+ Shakespeare Honan, Park. *Shakespeare — a life*. Oxford. Oxford University Press. 1999.

+ Martins, Márcia A. P. *Shakespeare no Brasil: fontes de referência e primeiras traduções*. Disponível em http://www.maxwell.lambda. ele.puc-rio.be/12701/127.

+ http://en.wikipedia.org/wiki/A_Midsummer_Night's_ Dream. Consulta em: 24. 10. 2013.

+ http://www.opensourceshakespeare.org/views/plays/playmenu. php?WorkID=midsummer. Consulta em: 24. 10. 2013.

+ https://www.intranet.anchieta.br/webmagistral/intranet/ biblioteca/Livros_Eletronicos%5CSonho%20de%20uma%20 noite%20de%20verão.pdf. Consulta em: 23. 10. 2013.

Linha do tempo
Sonho de uma noite de verão, William Shakespeare

Marisa Lajolo
Luciana Ribeiro

1564	Nascimento de William Shakespeare em Stratford-upon-Avon.
1585	Shakespeare inicia, em Londres, carreira de ator, dramaturgo e poeta.
≈ 1594/1596	Shakespeare escreve *Sonho de uma noite de verão*.
1599	Shakespeare torna-se sócio da casa de teatro *Globe Theatre*, local em que foram apresentadas suas maiores peças teatrais.
≈ 1599/1600	Shakespeare escreve *Hamlet* (encenado pela primeira vez em 1603).
1609	Publicação de *Sonetos* (obra composta por 154 poemas).
1616	Morte de William Skakespeare.
1623	Publicação do *First Folio*, volume que recolhe 36 obras de Shakespeare, sendo 18 inéditas.
1807	Os irmãos Charles e Mary Lamb publicam *Tales From Shakespeare*, obra voltada para o público infantil, que reescreve em forma de contos várias peças de Shakespeare.
1835	No Rio de Janeiro, o ator João Caetano interpreta *Hamlet* (texto traduzido do inglês por J. A. de Oliveira Silva).
1836	Estreia da Ópera *Amor Proibido*, de Richard Wagner (inspirada em *Romeu e Julieta*).
1840	A pedido de João Caetano, J. A. de Oliveira Silva retraduz *Hamlet*, agora, a partir do texto francês de Ducis.

1842	Gonçalves de Magalhães traduz *Othelo* a partir da tradução francesa de J. Ducis (texto encenado por João Caetano).
1845	O teatrólogo brasileiro Martins Pena escreve *Os ciúmes de um pedestre ou o terrível capitão do mato*, primeira obra brasileira a citar uma personagem de Shakespeare (Otelo).
1846	Gonçalves Dias, poeta brasileiro, escreve a peça *Leonor de Mendonça*, inspirada em Otelo.
1853	Almeida Garrett, poeta português, relembra Shakespeare em versos do poema *Ai! Helena* (integrante do livro *Folhas Caídas*). Álvares de Azevedo, poeta brasileiro, cita Shakespeare em sua obra *Lira dos vinte anos*.
1856	Joaquim Manoel de Macedo, romancista brasileiro, escreve o *Novo Othelo*, paródia da obra shakesperiana.
1872	Shakespeare é citado no prólogo de *Ressurreição*, de Machado de Assis.
1873	Publicação do Solilóquio de *Hamlet*, traduzido por Machado de Assis (texto incluído posteriormente em *Poesias Completas*).
1876	Machado de Assis publica no *Jornal das Famílias* conto intitulado *To be or no to be*.
1881	Machado de Assis cita Shakespeare na abertura de *Memórias póstumas de Brás Cubas*.
1887	Estreia a ópera *Otello* de Verdi, inspirada na obra de Shakespeare.
1929	Adaptação de *A megera domada* para o cinema (adaptação e direção de Sam Taylor. Foram filmadas duas versões: uma muda e outra falada).
1933	Publicação de *Hamleto*, a primeira tradução integral de uma obra shakespeariana no Brasil (Tristão da Cunha, Editora Schmidt).
1935	Lançamento do filme *Sonho de uma noite de verão*, de Max Reinhardt.

1938	Lasar Segall desenvolve cenários para o balé *Sonhos de uma noite de verão*, apresentado no Teatro Municipal de São Paulo.
	Estreia do espetáculo *Romeu e Julieta*, apresentado pelo grupo de Teatro do Estudante do Brasil, de Paschoal Carlos Magno.
1943	Tradução, por Mário Quintana (Ed. Globo), de *Tales From Shakespeare* (Charles 7 Mary Lamb).
1960	Estreia da ópera *Sonho de uma noite de verão*, de Benjamim Britten.
	Publicação de *O Otelo Brasileiro de Machado de Assis*, trabalho de Helen Caldwell, que estuda a presença de Shakespeare na obra de Machado de Assis.
1965	Estreia, na extinta TV Excelsior, da novela *A indomável*, de Ivani Ribeiro, inspirada na obra *A megera domada*.
1967	Estreia do filme *A megera domada*, direção de Franco Zeffirelli, com Elizabeth Taylor e Richard Burton.
1974	Estreia do espetáculo *Um homem chamado Shakespeare* (texto e direção de Barbara Heliodora).
1978	Maurício de Sousa homenageia Skakespeare na revista em quadrinhos *Mônica e Cebolinha no mundo de Romeu e Julieta*.
1979	Millôr Fernandes traduz *A megera domada* (L&PM editores, Coleção Pocket).
1985	Lançamento do filme *Ran*, de Akira Kurosawa, inspirado em *Rei Lear*.
1998	Lançamento de *A megera domada* (por Lacerda Editores. Tradução de Barbara Heliodora).
	Lançamento do filme *Shakespeare Apaixonado*, dirigido por John Madden.

2000	Estreia, na Rede Globo, da novela *O cravo e a rosa*, de Walcyr Carrasco, inspirada em *A megera domada*.
2001	Lançamento de *Sonho de uma noite de verão* (e-book , L&PM Editores. Tradução de Beatriz Viégas-Faria).
	Estreia do espetáculo de balé *A megera domada*.
2002	Publicação da peça inédita *O caboclo*, de Aluísio Azevedo e Emílio Rouède, inspirada em *Otelo* (texto escrito originalmente em 1886).
2003	Lançamento do filme *O homem que copiava* (Shakespeare e sua obra são citados no enredo), com Lazáro Ramos e Leandra Leal. Direção de Jorge Furtado.
2006	Grupo Olodum estreia o espetáculo *Sonho de uma noite de verão* (tradução de Barbara Heliodora; direção de Márcio Meirelles).
2008	Estreia o espetáculo *A megera domada* (realização da companhia Teatro do Ornitorrinco. Direção de Cacá Rosset).
2009	Estreia, na TV Globo, a minissérie *Som & Fúria*, cujos personagens são atores envolvido com a obra de Shakespeare.
2011	Aberta a exposição *Fame, Fortune & Theft: the Shakespeare First Folio* (relíquias de colecionadores: 82 manuscritos e 10 peças originais).
	Sinfônica de Heliópolis e o Coral da Gente apresenta o espetáculo *Sonho de uma noite de verão* (Regência de Isaac Karabtchevsky e narração de Thiago Lacerda).
	Lançamento da coleção *Shakespeare em quadrinhos*, incluindo *Sonho de uma noite de verão*, de Lilllo Parra e Wanderson de Souza (Editora Nemo).

Referências

♦ http://www.barbaraheliodora.com/frames.htm. Consulta em: 10.04.2013.

♦ http://www.theatromunicipal.rj.gov.br/ballet.html. Consulta em: 10.04.2013.

♦ http://www.academia.org.br/abl/cgi/cgilua.exe/sys/start.htm?infoid=4275&sid=531. Consulta em: 10.04.2013.

♦ http://vejasp.abril.com.br/revista/edicao-2071/releituras-de-shakespeare-estao-presentes-no--mundo-todo.

♦ http://www.uece.br/posla/dmdocuments/agnesbessasilva.pdf. Consulta em: 12.04.2013.

♦ http://www.maxwell.lambda.ele.puc-rio.br/12701/12701.PDFXXvmi=Fk2CC9j8quZqg5MX4roh8UuextuqEgkkCmXevinXNmp4sd2xFqQOml4UQzmvPHRs5PIC86BWt21Xf4vUumKSJOOBnb7eTZHZPpCXwdV2fW0u1vqwTbpE1efopmEkmlkcMWbkb7mr4mX6TpDOB4sCiJ2J7G4t3pHQnSbz0x25V0cPpQE2U8FdSIW0o2usscjQ6vp64sc0spQTguWbECowkmxKp3eSfzJl5as9DGa7612mvZxbCXJXlhJLkXEBwoXC. Consulta em: 12.04.2013.

♦ http://www.acidezmental.xpg.com.br/top_10_fraudes_literarias.html. Consulta em: 12.04.2013.

♦ http://www.ibamendes.com/2011/09/da-presenca-shakespeariana-no-brasil-no.html. Consulta em: 10.04.2013.

http://www.britannica.com/shakespeare/article-248478. Consulta em: 13.04.2013.

♦ http://www.fflch.usp.br/dlcv/lb/index.php?option=com_content&view=article&id=21&Itemid=27. Consulta em: 11.04.2013.

PAINEL DE IMAGENS

Ilustração de William Shakespeare (1564-1616), tirado do "Dramatic Works by William Shakespeare", lançado em Moscou, Rússia, em 1880.

Stratford-upon-Avon, cidade natal de William Shakespeare.

Parte interna da casa de teatro *Shakespeare Globe Theatre*, 2011, onde Shakespeare tornou-se sócio em 1599. Neste local foram apresentadas suas maiores peças teatrais.

Fac-símile de *First Folio*, 1623.

Capa de *First Folio*, volume que recolhe 36 obras de Shakespeare, sendo 18 inéditas, publicado em 1623.

Estátua de Hamlet.

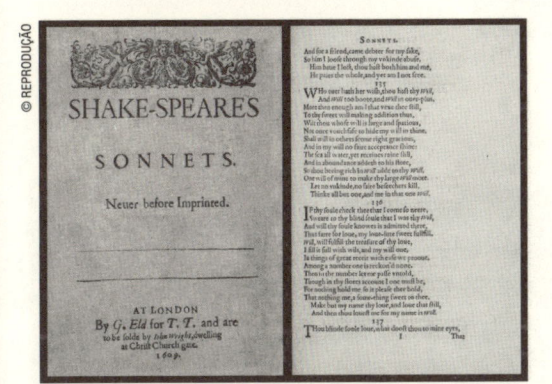

Primeira edição de *Sonetos*, obra composta de 154 poemas e publicada em 1609.

Frontispício de *Hamlet*, escrito em 1599/1600, encenada pela primeira vez em 1603.

Selo dedicado à reconstrução do *Shakespeare Globe Theatre*, c. 1995.

Capa do livro *Leonor de Mendonça*, peça de 1846, de Gonçalves Dias, inspirada em *Otelo*.

Cena do filme *Hamlet*, com Laurence Olivier, 1948.

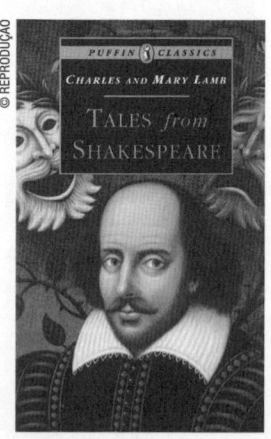

Capa do livro *Tales from Shakespeare*, dos irmãos Charles e Mary Lamb. Obra voltada para o público infantil, que reescreve em forma de contos várias peças de Shakespeare, 1807.

José Celso Martinez Corrêa e Christiane Torloni na peça *Hamlet*, no Rio de Janeiro, 1994.

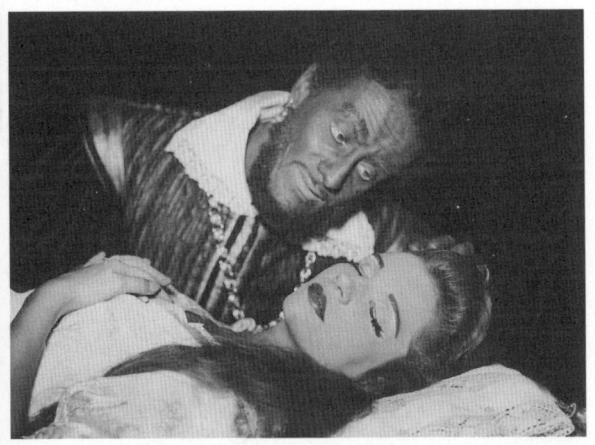

Os atores Paulo Autran, interpretando Otelo, e Tônia Carrero, como Desdêmona, em cena durante a peça teatral *Otelo*, de Shakespeare, no teatro Dulcina, Rio de Janeiro, 1956.

Capa do livro *Lira dos vinte anos*, de Álvares de Azevedo, que cita Shakespeare.

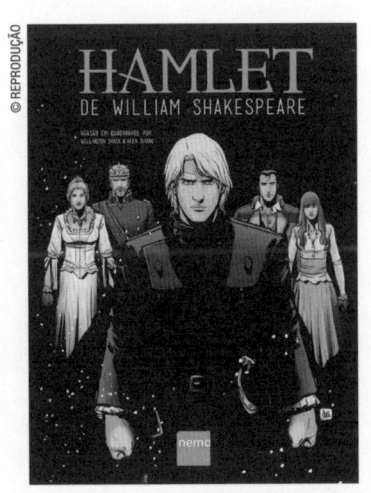

Capa do livro *Hamlet* (versão em quadrinhos), com tradução e roteirização de Wellington Srbek, desenhos e cores de Alex Shibao.

Em janeiro de 1948 estreava no teatro Fênix, no centro do Rio de Janeiro, *Hamlet*, de William Shakespeare, uma encenação do Teatro do Estudante do Brasil, de Paschoal Carlos Magno, com direção de Hoffmann Harnish e tradução de Tristão da Cunha.

Capa do livro *To be or not to be*, de Machado de Assis, publicado no *Jornal das Famílias*, 1876.

Mônica e Cebolinha no mundo de Romeu e Julieta, 2009, homenagem de Mauricio de Sousa a Shakespeare.

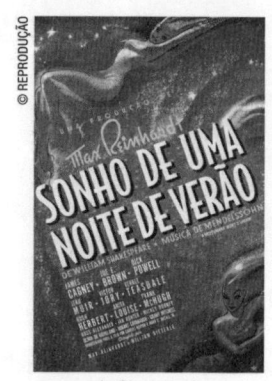

Cartaz do filme *Sonho de uma noite de verão*, de William Dieterle e Max Reinhardt, 1935.

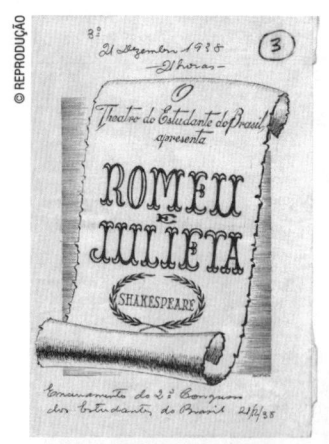

Programa de *Romeu e Julieta*, de 1938, primeira produção do Teatro do Estudante do Brasil.

Projeto de cor para cenário do balé *Sonhos de uma noite de verão*, guache sobre papel, 56,5 x 59,5 cm, no Teatro Municipal de São Paulo, 1938.

Capa do livro *Contos de Shakespeare*, dos irmãos Charles e Mary Lamb, traduzido por Mário Quintana, 1943.

Cena do filme *A megera domada*, dirigido por Franco Zeffirelli, com Elizabeth Taylor e Richard Burton, 1967.

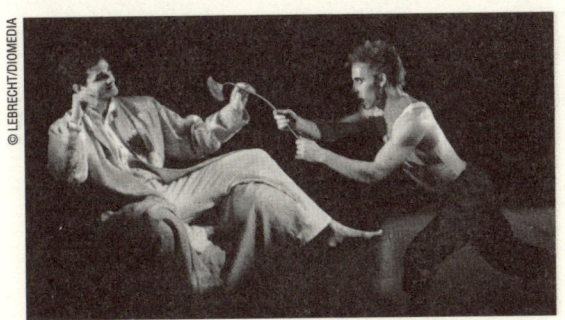

Cena da ópera *Sonho de uma noite de verão*, de Benjamin Britten, no Royal Opera House, em Londres, 2005.

Capa do livro *A megera domada*, traduzido por Millôr Fernandes, 1979.

Cena da ópera *Otelo*, de Verdi, em 4 atos, inspirada na obra de Shakespeare, no festival de Salzburg, Áustria, em 2008, com Aleksandrs Antonenko, como Otelo, Stephen Costello, como Cassio, Marina Poplavskaya, como Desdêmona, e Barbara Di Castri, como Emilia.

Cartaz do filme *Ran*, 1985, de Akira Kurosawa, inspirado em Rei Lear, de Shakespeare.

Cartaz do filme *Shakespeare Apaixonado*, 1998, de John Madden, vencedor de 7 Oscars, inclusive Melhor Filme.

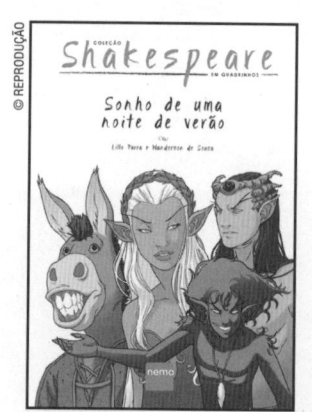

Capa do livro *Sonho de uma noite de verão* em quadrinhos, 2011, com roteiro de Lillo Parra e ilustrações de Wanderson de Souza.

Cartaz da minissérie *Som & Fúria*, criada por Fernando Meirelles e dirigida por Giselle Barroco, Fernando Meirelles, Rodrigo Meirelles, Toniko Melo e Fabrizia Pinto, exibido pela Rede Globo em 2009. Nesta série, os personagens são atores envolvidos com a obra de Shakespeare.

Capa do livro *A megera domada em cordel*, adaptado por Marco Haurélio e ilustrado por Klévisson Viana, 2007.

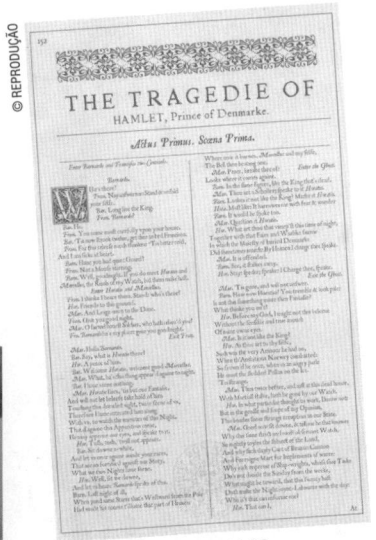

Tragédia de *Hamlet*, 1623.

Janet McTeer e Katherine Hunter em cena da peça *A megera domada*, no Shakespeare Globe Theatre, em Londres, 2009.

Orquestra Sinfônica de Heliópolis e participação do Coral da Gente no espetáculo "Sonho de Uma Noite de Verão", de Felix Mendelssohn, baseado na peça de William Shakespeare no Teatro Bradesco, em São Paulo, 2011.

SONHO DE UMA NOITE DE VERÃO: O TEATRO E A PROSA

Walcyr Carrasco

Assisti a várias peças baseadas nas obras de William Shakespeare, assim como a adaptações para o cinema. É fascinante como tanto nas comédias como nas tragédias o escritor inglês do século XVII consegue permanecer vivo ao falar de sentimentos, maneiras de ser e questões sobre o poder e a ética presentes até hoje. Nenhum autor, e me incluo entre eles, deixa de beber nessa fonte inesgotável. Histórias como *Romeu e Julieta*, uma das mais conhecidas peças de Shakespeare, que narra o amor trágico de dois jovens, foram adaptadas inúmeras vezes. Eu mesmo escrevi uma novela inteira, *O cravo e a rosa*, inspirada em uma comédia de Shakespeare, *A megera domada*. Mantive até os nomes das personagens, e usei algumas cenas, como a do casamento, na íntegra.

Mas transpus a história para o Brasil dos anos 1920. Apresentada e reprisada pela TV Globo, transformou-se em grande sucesso.

Traduzir e adaptar *Sonho de uma noite de verão* foi um grande prazer. É uma comédia engraçadíssima, que fala da mitologia e também do próprio teatro. Pois há uma peça dentro da peça. É a história de Príamo e Tisbe representada por um grupo de rústicos artesãos. Por sinal, propositalmente muito mal encenada, transformando a tragédia em comédia. Em *Sonho de uma noite de verão*, é fascinante observar como Shakespeare lidava com as várias maneiras de se expressar. Os nobres e os seres do mundo das fadas falam de seus sentimentos com sensibilidade e poesia. O duende Puck, com humor. Os artesãos, de forma popularesca.

Mas aqui nesta obra, apresento também uma versão em prosa de *Sonho de uma noite de verão*. É uma adaptação que eu mesmo fiz, e o objetivo é comparar os dois tipos de linguagem, a prosa e o teatro. De certa maneira, retomo a tradição original dos textos de Shakespeare. Sabe-se que, para escrever suas peças, ele se inspirou, muitas vezes, em lendas e tradições contadas em sua época.

Já assisti também a diversas encenações de *Sonho de uma noite de verão*. Em uma delas, o bosque do texto original foi transformado na Floresta Amazônica, com direito a enormes árvores em cena. Em outra, não existia cenário. Os atores faziam as passagens de um ato para o outro e entre as cenas com números circenses. Saltos mortais, cambalhotas! É uma peça muito rica, porque tem grande espaço para a criatividade. A divisão em atos e cenas foi mantida, porque em cada momento há uma ação diferente. As montagens modernas costumam, no máximo, dividir a peça em dois atos. Não costuma haver separação entre as cenas. Assim, essas indicações devem ser entendidas como uma mudança de ação, sem a exigência de pausa ou interrupção. Um grupo de atores pode sair enquanto outro entra, com elementos de cena que indiquem a passagem de um lugar para outro.

A maneira como será encenada a peça fica a cargo da imaginação de cada grupo. O que importa é que não há regras rígidas. Na própria época de Shakespeare praticamente não havia cenário. Alguns elementos de cena, os trajes e o texto indicavam o lugar da ação. A liberdade é total. Liberdade que, através dos séculos, os atores sempre utilizaram em espetáculos que nunca deixaram de provocar gargalhadas.

Sonho de uma noite de verão

TEATRO

Personagens

- **Teseu**, duque de Atenas
- **Hipólita**, rainha das Amazonas, noiva de Teseu
- **Egeu**, pai de Hérmia
- **Hérmia**, filha de Egeu, apaixonada por Lisandro
- **Lisandro**, jovem nobre apaixonado por Hérmia
- **Demétrio**, jovem nobre apaixonado por Hérmia
- **Helena**, jovem apaixonada por Demétrio
- **Filóstrato**, mestre de cerimônias da corte de Teseu
- **Oberon**, rei dos duendes
- **Titânia**, rainha das fadas
- **Puck**, ou **Robin Bom Companheiro**, duende

As fadas

- Flor de Ervilha
- Teia de Aranha
- Mariposa
- Grão de Mostarda

Personagens do grupo teatral que está montando a peça sobre _Príamo e Tisbe_:

- **Pedro Marmelo**, carpinteiro
- **Nicolau Fundilho**, tecelão
- **Francisco Flauta**, consertador de foles
- **Tomás Focinho**, funileiro
- **Robin Faminto**, alfaiate
- **Bem-Feito**, marceneiro

Mais:

- Fadas e duendes do séquito de Oberon e Titânia
- Nobres e criados do séquito de Teseu e Hipólita

Cenários

Atenas e um bosque nas proximidades da cidade grega

ATO I

CENA I
ATENAS. PALÁCIO DE TESEU.

Entram Teseu, Hipólita, Filóstrato e criados.

Teseu — Bela Hipólita, a hora de nosso casamento se aproxima.

Hipólita — Quatro dias rapidamente se transformarão em quatro noites; o tempo voa depressa como um sonho. Então, a Lua, como um círculo de prata recém-criado no céu, iluminará a noite de nossas núpcias.

Teseu — Vá, Filóstrato! Convide a juventude de Atenas a celebrar conosco! Desperta o ágil espírito da alegria! A tristeza não combina com nossa felicidade!

Sai Filóstrato. Ficam Teseu e Hipólita.

Teseu — Hipólita, eu a cortejei com minha espada e conquistei seu amor pela força. Mas quero que nos casemos de um modo diferente, com pompa, glória e alegria!

Entram Egeu com sua filha Hérmia, Lisandro e Demétrio.

Egeu — Feliz seja, Teseu, nosso admirável duque!

Teseu — Obrigado, meu bom Egeu. Que novidade o traz aqui?

Egeu — Cheio de vergonha, venho queixar-me de minha filha Hérmia. Aproxime-se, Demétrio! (*Demétrio se aproxima*) Meu nobre senhor, este rapaz tem o meu consentimento para se casar com minha filha. Aproxime-se, Lisandro! (*Lisandro se aproxima*) Mas, meu bom duque, este outro enfeitiçou o coração dela! Sim, você, Lisandro, lhe fez poesias e sussurrou promessas de amor! Cantou versos ao luar, sob sua janela! Apossou-se de suas fantasias, oferecendo-lhe anéis, bugigangas, ramalhetes, doces, coisas que a fascinaram! Roubou o coração de minha filha. Transformou sua obediência, que é a mim devida, em teimosia férrea! Meu bom duque, tomei uma decisão. Aqui, na presença de Vossa Graça, eu peço: conceda-me o antigo privilégio de Atenas. Minha filha a mim pertence! Ou ela se casa com Demétrio, ou deve ser condenada à morte, como a lei prevê!

Teseu — O que diz, Hérmia? Eu a aviso: você deve tratar seu pai como a um deus, pois a ele deve sua beleza. Você não é mais do que uma figura de cera que ele modelou, e que tem o poder de conservar ou destruir. (*Pausa*) Demétrio é um excelente cavalheiro.

Hérmia — Lisandro também.

Teseu — Sim, ele é. Mas não tem a aprovação de seu pai.

Hérmia — Suplico a Vossa Graça que me perdoe. Não sei que impulso me torna tão atrevida, a ponto de lutar em sua magnífica presença. Rogo a Vossa Graça que me diga. O que pode acontecer de pior, se eu me recusar a casar com Demétrio?

Teseu — Perderá a vida. Ou será banida para sempre do convívio da sociedade. Bela Hérmia, pense na sua juventude. Examine seus sentimentos. Se não aceitar a escolha do seu pai, está disposta a encerrar-se em um templo para sempre? Viver uma vida estéril, entoando hinos sob a lua fria? Feliz é a rosa que desabrocha, não a que murcha intocada como um espinho.

Hérmia — Prefiro ser sacerdotisa a conceder minha virgindade a um homem cuja autoridade eu não aceito, e a quem minha alma se recusa a dar o título de soberano!

Teseu — Pense com calma. Na lua cheia será selada a união entre mim e minha amada. Prepare-se! Nessa ocasião, ou morrerá por desobediência à vontade de seu pai, ou se casará com Demétrio, como ele deseja. Ou ainda, diante do altar da deusa Diana, deverá proferir votos de castidade até o fim da vida.

Demétrio — Cede, doce Hérmia! Lisandro, desista dela! Respeite meu direito.

Lisandro — Você não tem o amor dela, Demétrio, mas o do pai. Deixe-me ficar com Hérmia. Case-se com o pai dela, se quiser.

Egeu — Atrevido! É verdade, Lisandro, Demétrio conquistou meu afeto. A filha é minha, e todos os meus direitos sobre ela ofereço a Demétrio.

Lisandro — Sou, meu senhor, tão bem-nascido e tenho tantas posses quanto ele. Meu amor é maior que o dele. Mais importante ainda, é a mim que ela ama! Por que não devo lutar? Demétrio cortejou Helena, filha de Nedar. Fez com que ela se apaixonasse, e depois a abandonou! A doce Helena adora com devoção este homem inconstante e desleal.

Teseu — Já ouvi falar a respeito. Pensava em conversar com Demétrio. Mas, estando sobrecarregado com meus próprios problemas, esqueci-me. (*Pausa*) Bela Hérmia, tente criar forças para se submeter à vontade de seu pai. Ou então, pela lei de Atenas, que não podemos esquecer, será condenada à morte ou ao voto de castidade. (*Pausa*) Vamos, minha Hipólita! Alegre-se! Demétrio e Egeu, acompanhem-me. Preciso de sua ajuda na preparação de meu casamento.

Saem todos, menos Lisandro e Hérmia.

Lisandro — O que há, meu amor? Ficou tão pálida! Como a rosa da sua face murchou tão depressa?

Hérmia — Não será pela falta de lágrimas, que caem em tempestade sobre meu rosto, como a chuva sobre a flor.

Lisandro — Ai de mim! Por tudo que pude ler, ou aprendi com a tradição, o verdadeiro amor nunca segue um caminho fácil.

Hérmia — Se os verdadeiros apaixonados sempre sofreram reveses, é por vontade do destino. Vamos aprender a ser pacientes. As lágrimas sempre acompanham as fantasias.

Lisandro — Ouça-me, Hérmia! Eu tenho uma tia viúva e bem de vida, sem filhos. Mora longe de Atenas, a sete léguas. Ela me considera como se fosse seu único filho. Lá poderemos nos casar, querida Hérmia. É um lugar onde a lei de Atenas não pode nos atingir. Se você me ama, fuja da casa do seu pai amanhã à noite. Eu a esperarei no bosque, a uma légua da cidade. No local onde certa vez a encontrei com Helena, contemplando o amanhecer de um dia, em maio. Eu a estarei esperando!

Hérmia — Querido Lisandro! Pelo poderoso arco de Cupido, pela sua melhor flecha de ponta de ouro, por tudo que une as almas e faz prosperar os amores, sim, eu juro! Amanhã eu me encontrarei com você no lugar combinado.

Lisandro — Cumpre sua promessa, meu amor! Olha, está chegando Helena.

Entra Helena.

Hérmia — Que Deus guarde a bela Helena. Aonde vai?

Helena — Não diga mais que sou bela. Demétrio ama sua beleza. Oh! Feliz beleza! Seus olhos são brilhantes como as estrelas. O som da sua voz é mais melodioso do que o canto da cotovia. Eu daria qualquer coisa para ser você! Oh! Ensina-me a ser assim tão bela. Diga com que arte consegue dominar o coração de Demétrio.

Hérmia — Eu faço uma carranca... Mesmo assim, ele ainda me ama!

Helena — Oh! Se meus sorrisos pudessem aprender a magia da sua carranca!

Hérmia — Eu praguejo contra ele. Mesmo assim, ainda me ama.

Helena — Oh! Se minhas súplicas conseguissem despertar tamanho amor!

Hérmia — Quanto mais o odeio, mais ele me persegue.

Helena — Quanto mais o amo, mais ele me odeia.

Hérmia — Se ele está fora de si, Helena, não é minha culpa.

Helena — A culpa é da sua beleza. Ah, se essa culpa fosse minha!

Hérmia — Console-se. Ele não me verá mais. Lisandro e eu vamos fugir de Atenas!

Lisandro — Helena, vamos lhe contar nosso segredo. Amanhã à noite vamos atravessar furtivamente as portas que fecham os muros de Atenas.

Hérmia — Eu e Lisandro nos encontraremos no bosque! Iremos embora de Atenas! Adeus, amiga querida das brincadeiras de infância. Reza por nós. Cumpra sua palavra, Lisandro. Esteja no lugar combinado. (*Pausa*) Agora devemos ficar longe um do outro. Até amanhã, depois da meia-noite!

Lisandro — Estarei à sua espera, querida Hérmia!

Hérmia sai.

Lisandro — Adeus, Helena. Espero que Demétrio venha a amá-la tanto quanto você o ama.

Lisandro sai.

Helena — Como algumas pessoas são mais felizes do que outras!

Sou considerada tão bonita quanto ela! Mas que importa? Demétrio não pensa o mesmo. Assim como ele se encantou pelos olhos de Hérmia, também eu me apaixonei por ele, fascinada por suas qualidades. O amor não vê com os olhos, mas com a alma. Por esse motivo o deus Cupido é representado com asas, mas cego. Asas sem olhos simbolizam a pressa imprudente. Dizem que o amor é uma criança, pois erra com frequência. Antes que se encantasse por Hérmia, Demétrio encheu-me de promessas, dizendo que seu coração pertencia somente a mim. Bastou sentir a primeira faísca de amor por ela para esquecer todos os juramentos. (*Pausa*) Vou lhe contar o plano de fuga dos dois. Assim, na noite de amanhã, ele a perseguirá no bosque. Se ficar grato, já me sentirei recompensada. Será um pretexto para vê-lo, e sofrer um pouco menos!

Helena sai.

CENA II

ATENAS

CASA DE PEDRO MARMELO, O CARPINTEIRO

Entram Marmelo, Francisco Flauta, Nicolau Fundilho, Tomás Focinho, Robin Faminto, Bem-Feito.

Marmelo — Aqui está a lista com o nome de todos que, em Atenas, foram considerados dignos de atuar em nossa peça, diante do duque e da duquesa, na noite da festa de casamento de suas altezas.

Fundilho — Primeiro diga qual é o assunto da peça, Pedro Marmelo. Depois diga qual é o personagem de cada um.

Marmelo — Pois bem! O título de nossa peça é "A muito lamentável comédia e muito cruel morte de Príamo e Tisbe".

Fundilho — Uma obra-prima, posso garantir. E também muito divertida. Amigo Pedro Marmelo, chame os atores de acordo com os personagens. Senhores, atenção!

Marmelo — Respondam à medida que eu for chamando... Nicolau Fundilho, tecelão.

Fundilho — Eu mesmo! Diga o meu papel e depois continue.

Marmelo — Você, Fundilho, fará o papel de Príamo.

Fundilho — Quem é Príamo? Um apaixonado ou um tirano?

Marmelo — Um apaixonado que se mata desvairado de amor.

Fundilho — Será preciso chorar um pouco, para representar com verdade. Avise a plateia para tomar cuidado com os olhos. Provocarei tempestades de lágrimas!

Marmelo — Francisco Flauta, consertador de foles.

Flauta — Eis-me aqui, Pedro Marmelo.

Marmelo — Flauta, você terá o papel de Tisbe.

Flauta — Quem é Tisbe? Um herói? Um cavaleiro andante?

Marmelo — É a dama por quem Príamo se apaixona.

Flauta — Não, por favor. Não quero fazer papel de mulher. Minha barba está crescendo.

Marmelo — Isso não tem a menor importância. Vai representar com uma máscara. É só falar fininho.

Fundilho — Se puder esconder o rosto, quero também o papel de Tisbe. Eu falarei com uma voz monstruosamente delicada: (*Exemplifica*) "Thisne, Thisne!" — Ah, Príamo meu amado; aqui está a sua Tisbe, sua querida dama!

Marmelo — Não, não. O seu papel será o de Príamo. E o seu, de Tisbe.

47

Fundilho — Está bem. Continue.

Marmelo — Robin Faminto, alfaiate.

Faminto — Aqui estou, Pedro Marmelo.

Marmelo — Fará o papel da mãe de Tisbe. Tomás Focinho, funileiro.

Focinho — Aqui, Pedro Marmelo.

Marmelo — Será o pai de Príamo. Eu, o pai de Tisbe. Bem-Feito, o marceneiro, fará o papel de Leão. Creio que todos os papéis estão distribuídos.

Bem-Feito — A parte do Leão está escrita? Quero logo o meu texto, porque tenho muita dificuldade em decorar.

Marmelo — Não será preciso texto. Basta rugir.

Fundilho — Ah, também quero representar o leão! Vou rugir de maneira assustadora. O duque dirá: "Quero que ele ruja outra vez! Que ele ruja outra vez!".

Marmelo — Se você representar de maneira tão terrível, a duquesa ficará com medo. As damas vão gritar de terror. Será o suficiente para sermos todos enforcados.

Todos, menos Fundilho — Enforcarão o filho de cada uma de nossas mães!

Fundilho — Concordo, meu amigos. Se as damas ficarem fora de si de tanto susto, terão um bom motivo para nos enforcar. Mas eu adocicarei minha voz, de maneira a rugir tão gentilmente quanto uma pombinha. Rugirei como um rouxinol!

Marmelo — Você só pode representar um papel, apenas um, Fundilho. É o papel de Príamo. Príamo é um cavalheiro amável. Você deve representar Príamo.

Fundilho — Gostei do elogio. Farei Príamo!

Marmelo — Senhores, aqui estão os textos de cada um. Suplico, peço, imploro que decorem as falas! Amanhã à noite vamos nos reunir no bosque. Lá poderemos ensaiar em paz. Não faltem, por favor.

Fundilho — Estaremos lá, para ensaiar com mais tranquilidade.

Marmelo — Vamos nos encontrar junto ao carvalho do duque!

Fundilho — Está certo!

Todos saem.

ATO II

CENA I

BOSQUE PERTO DE ATENAS

Entram, por um lado, uma fada e, pelo outro, Puck.

Puck — Que há, espírito? O que a traz aqui?

Fada — Sobre o vale e a colina

Pela noite e a neblina

Por tudo posso vagar

Mais rápida que a esfera lunar

Sirvo a rainha das fadas

Lanço gotas encantadas

Sobre as esferas traçadas

Por seu caminho na relva

E toda planta que se eleva

Dela depende em beleza

Da rainha com certeza

Recebe o reflexo dourado

E o aroma perfumado
Preciso agora partir
Gotas de orvalho reunir
Tal como pérola pôr
Na orelha de cada flor!

Fada prepara-se para partir. Termina.

Fada — Até outra hora, espírito rústico! Nossa rainha e todos seus elfos logo estarão aqui.

Puck — O rei virá ao bosque ainda esta noite! Tome cuidado. A rainha não deve ser vista por ele. Oberon está com raiva. O motivo é um menino muito bonito, que ela roubou do rei da Índia. Nunca houve cativo mais encantador! Enciumado, Oberon resolveu pegar o menino para seu séquito. Mas ela se recusa a entregá-lo. Cumula o menino com gestos de amor. Por causa disso, o rei Oberon e Titânia, rainha das fadas, jamais se encontram sem que briguem entre si. Nessas ocasiões, todos seus elfos escondem-se de tanto medo!

Fada — Ou muito me engano com seus modos e a sua aparência... ou você é o espírito malicioso e brincalhão que chamam Robin

Bom Companheiro. Ah, é você quem assusta as moças da aldeia, faz o leite azedar, ou impede que a bebida fermente? Não faz os viajantes se perderem na noite? Ainda ri do mal que provoca! Em compensação, para aqueles que o chamam Duende, ou gentil Puck, você ajuda, faz trabalhos, e traz boa sorte! É mesmo você, Puck?

Puck — Está bem dito. Sou eu quem viaja pela noite alegremente. Divirto Oberon, e o faço sorrir, quando engano um cavalo gordo e bem nutrido, imitando o relincho de uma égua novinha! Às vezes, adquiro a forma de uma maçã assada. Escondo-me na tigela de alguma tagarela. Quando ela bebe, bato nos seus lábios, e a faço derramar cerveja na papada! A tia senta-se para contar uma história, pensando que sou uma banqueta de três pés. Então, escorrego por suas nádegas. Ela cai e grita! Todos os presentes se descadeiram de tanto rir. Espirram e garantem nunca terem passado uma hora tão divertida! (*Pausa*) Mas saia do caminho, Fada! Está chegando Oberon!

Fada — E também minha senhora! Seria melhor que tivesse partido!

Entram, de um lado, Oberon e seu séquito de duendes. Do outro lado, Titânia, com seu cortejo de elfos e fadas, incluindo Flor de Ervilha, Grão de Mostarda, Mariposa e Teia de Aranha.

Oberon — Péssimo encontro ao luar, orgulhosa Titânia!

Titânia — Como? É o ciumento Oberon? Fadas, vamos embora! Quero ficar longe dele!

Oberon — Fique! Não sou seu senhor!

Titânia — Mas eu devia ser tratada como sua senhora! Mas não! Muitas vezes você abandonou o país das fadas para outras cortejar! Por que está aqui, de volta das distantes estepes da Índia? Só pode ser porque sem dúvida sua amante guerreira, a amazona de botas, vai se casar com Teseu! Você retornou para dar alegria e prosperidade a seu leito!

Oberon — Não tem vergonha, Titânia, de me atirar no rosto a minha conquista de Hipólita? Se eu sei da sua paixão por Teseu? Não foi você que o arrancou dos braços de Perigênia, a quem ele havia raptado? Não o fez quebrar os votos com a formosa Egle, com Ariadne e com Antíope?

Titânia — São invenções do seu ciúme! Desde o início do verão, eu e minhas fadas nunca mais estivemos em montanha ou vale, bosque ou prado, junto a uma fonte ou na margem de um riacho, sem que você viesse nos perturbar com suas cenas de ciúme. Os ventos nos chamaram em vão para dançarmos com sua música. Por vingança absorveram do mar a bruma que depois desabou sobre os campos. Até os riachos transbordaram. O boi puxou o arado inutilmente, porque o lavrador gastou seu suor à toa. O trigo apodreceu antes de amadurecer. O curral permanece vazio no campo inundado. Os corvos engordaram com os rebanhos doentes. Os humanos sonham esperançosos com um inverno seco! Nenhuma noite tem sido abençoada com hinos e cânticos. Em cólera, a Lua, soberana das marés, enche o ar de umidade. Aumentam as doenças reumáticas. Devido a tanta mudança de tempo, as estações se alteraram. A geada cai sobre as pétalas ainda quentes da rosa vermelha. Sobre a coroa de gelo do inverno, desabrocham os botões das flores! A Primavera, o Verão, o Outono e o Inverno mudaram sua aparência habitual. O mundo, assustado, já não sabe distinguir um do outro! O que produz essa tragédia são nossas discussões e brigas. Nós somos a origem desses males.

Oberon — Há um remédio. Só depende de você. Por que contraria, Titânia, a mim, o seu Oberon? Só quero que me entregue o menino, para transformá-lo em meu pajem!

Titânia — O país das fadas inteiro seria insuficiente para comprar essa criança de mim. Sua mãe era uma sacerdotisa de minha ordem. Durante a noite, no ar perfumado da Índia, conversávamos intimamente. Nessa época, em seu próprio ventre crescia meu jovem protegido. Mas, sendo mortal, ela deixou a vida quando nasceu esse menino. Em sua memória, crio seu filho.

Oberon — Quanto tempo ainda pretende permanecer neste bosque?

Titânia — Talvez até depois do casamento de Teseu. Se quiser dançar conosco, divertir-se com nossas brincadeiras ao luar, venha também!

Oberon — Entregue-me o menino, e irei com você.

Titânia — Nem por todo o reino encantado! Fadas, vamos embora! Se ficarmos mais tempo aqui, vamos ter sérios aborrecimentos!

Titânia sai com seu séquito.

Oberon — Vá para onde quiser. Não sairá deste bosque sem ser castigada por sua desfeita. Aproxime-se, meu gentil Puck. Lembra-se de quando, do alto de um rochedo, ouvi uma sereia, cavalgando um golfinho, cantar de maneira tão harmoniosa que o oceano turbulento se acalmou?

Puck — Sim, eu me lembro!

Oberon — Naquele momento vi, mas você não, que Cupido voava com o arco e as flechas do amor. Mirou uma bela vestal e atirou uma flecha de seu arco. Mas errou. A flecha de Cupido passou pela sacerdotisa, que meditava piedosamente. Vi onde caiu. Foi sobre uma florzinha branca. Ferida pela flecha do amor, essa florzinha se tornou da cor púrpura. As moças a chamam amor-perfeito. Traga-me essas flores. Seu suco, colocado sobre as pálpebras de alguém adormecido, faz com que a pessoa, homem ou mulher, se apaixone perdidamente pela primeira criatura viva que estiver na frente. Traga-me essas flores, depressa!

Puck — Serei rápido! Posso dar a volta na Terra em quarenta minutos!

Puck sai.

Oberon — Vou esperar Titânia dormir. Derramarei o suco sobre seus olhos. Quando acordar, ficará apaixonada pela primeira criatura viva que estiver na sua frente! Seja um leão, um urso, um lobo, um touro ou um macaco. Ela o perseguirá, cheia de amor. Conheço o segredo para libertá-la do encanto com outra erva. Mas, antes, vou obrigá-la a me entregar o menino. (*pausa*) Quem está vindo para cá? Ficarei invisível. Vou ouvir o que vão dizer.

Entram Demétrio e Helena.

Demétrio — Eu não a amo. Não me persiga! Onde estão Lisandro e a bela Hérmia? Você me disse que eles haviam fugido para este bosque! Mas não consigo encontrar a minha Hérmia! (*Pausa*) Vá embora, e não venha mais atrás de mim!

Helena — Você me atrai como um ímã, apesar de seu coração tão duro. Deixe de fazer uso de seu poder de atração e não o perseguirei mais.

Demétrio — Eu a atraio? Eu a encorajo? Pelo contrário, digo claramente que não a amo! Que não posso amá-la!

Helena — Por esse motivo eu o amo mais ainda. Sou como um cão, Demétrio! Quanto mais me bater, mais o bajularei. Trata-me como a um cão se quiser. Mas permita que eu o acompanhe.

Demétrio — Fugirei da sua presença. Ficará à mercê das feras.

Helena — A pior delas não tem um coração feroz como o seu!

Demétrio — Vou embora. Se me seguir, vou insultá-la.

Helena — Você me insulta no templo, na cidade e no campo. Que indignidade, Demétrio. Suas afrontas são uma ofensa para meu sexo! Não fomos feitas para conquistar, mas para ser conquistadas!

Sai Demétrio.

Helena — Vou segui-lo! Se ele continuar me desprezando, prefiro morrer!

Helena sai.

Oberon — Adeus, ninfa. Antes que saia deste bosque, será você quem fugirá, e ele a perseguirá apaixonado!

Volta Puck com um ramalhete de amores-perfeitos.

Oberon — Trouxe as flores que eu pedi?
Puck — Sim, aqui estão.
Oberon — Eu peço, me dê as flores. Há um local onde cresce o tomilho-silvestre, onde nascem primaveras e violetas. É coberto por um teto de perfumadas madressilvas e roseiras bravas. É lá que Titânia costuma dormir uma parte da noite. Quando estiver adormecida, eu molharei seus olhos com o suco dessas flores! (*Pausa*) Quanto a você, Puck, pegue também uma flor, para espremer seu suco. Procura em meio às árvores. Uma bela jovem ateniense está apaixonada por um jovem que a desdenha. Ponha o suco nos olhos dele. Mas faça isso de maneira que a moça seja a primeira pessoa

que ele veja ao despertar. Você reconhecerá o homem por seu traje ateniense. Faça o que estou mandando com todo o cuidado, para que ele fique mais apaixonado por ela do que ela já está por ele. Encontre-me ao primeiro canto do galo.

Puck — Pode ficar tranquilo, meu senhor. Sou seu servo, e farei o que pediu.

Puck pega a flor. Os dois saem.

CENA II
O BOSQUE. ATRÁS, LEITO DE TITÂNIA

Entram Titânia e seu séquito.

Titânia — Vamos dançar roda. Quero ouvir uma canção, fadas! Depois, afastem-se durante um terço de minuto. Algumas irão matar os vermes dos botões de rosa. Outras, caçar morcegos, para com o couro de suas asas fazer casaquinhos para meus pequenos elfos. As últimas deverão afastar para longe as corujas, que não param de piar durante a noite, assustando nossos delicados espíritos!

Cantem enquanto adormeço. Depois, às suas tarefas, enquanto repouso!

As fadas e os elfos cantam.

Flor de Ervilha — Serpentes de peles manchadas, línguas
Bifurcadas
Porcos-espinhos, daqui para fora
Salamandras e lagartas, vão embora!
Para longe da rainha das fadas
Fora, fora!
Coro — Com os versos e a melodia
De nossa canção de ninar
Durma em suave harmonia
Deixe o espírito sonhar
Não tema nenhum mal
Durma em paz sem igual.

Flor de Ervilha — Aranhas de patas gosmentas
Vão tecer em outro lugar
Nem os negros besouros

Ousem se aproximar

E que as lesmas nojentas

Não roubem dos sonhos os tesouros.

Coro — Com os versos e a melodia

De nossa canção de ninar

Durma em suave harmonia

Deixe o espírito sonhar

Não tema nenhum mal

Durma em paz sem igual.

Titânia adormece.

Teia de Aranha — Podemos ir tratar do que ela nos pediu. Não há perigo por perto!

Saem as fadas. Oberon entra e espreme uma flor nas pálpebras de Titânia.

Oberon — O primeiro ser que você enxergar ao despertar será seu novo amor. Apaixone-se e sofra por ele. (*Pausa*) Acorda quando alguma criatura horrível estiver por perto!

Oberon sai. Entram Lisandro e Hérmia.

Lisandro — Meu amor, você está prestes a desmaiar de tanto caminhar pelo bosque. Para dizer a verdade, eu me perdi. Vamos descansar, Hérmia, enquanto aguardamos a luz do amanhecer.

Hérmia — Está bem, Lisandro. Encontre um lugar para dormir, que eu descansarei aqui.

Lisandro — A mesma relva servirá de travesseiro para nós dois. Um só coração, um só leito! Duas almas, uma só fé!

Hérmia — Não, querido Lisandro. Pelo amor que você me dedica, vá se deitar mais longe. Não fique tão perto de mim.

Lisandro — Oh, meu amor. Entenda o sentido inocente de minhas palavras. Não me impeça de compartilhar sua cama na relva. Saberei respeitá-la.

Hérmia — Lisandro, eu o estaria ofendendo se estivesse desconfiada de suas intenções. Mas, por carinho e cortesia, repouse um pouco mais longe. O pudor exige essa separação entre um homem solteiro e uma donzela. Boa noite, meu doce amigo. Que seu amor não diminua enquanto estiver vivo!

Lisandro — Amém, amém. Que acabe a minha vida se antes acabar a minha fidelidade. (*Procura um lugar separado dela*) Aqui está meu leito. Durma bem!

Hérmia — Basta ouvi-lo para já começar a sonhar!

Ambos deitam-se e adormecem.
Entra Puck.

Puck — Percorri o bosque inteiro. Mas não encontrei nenhum ateniense para colocar o suco desta flor em seus olhos. Como vou cumprir o que meu rei ordenou? Onde vou achar o jovem que deve se apaixonar? Noite e silêncio! (*Pausa*) Quem está aqui? (*Observa*) Ele usa trajes de Atenas! Só pode ser esse! Com certeza é ele que desdenha a virgem apaixonada. Ah! Aqui está a donzela, também profundamente adormecida sobre o chão úmido e sujo. Que alma delicada! Não se atreveu a deitar junto do desalmado rapaz! É um patife. Vou despejar todo o poder mágico desse suco em seus olhos. (*Espreme a flor sobre as pálpebras de Lisandro.*) Que ao despertar se apaixone perdidamente! Realizei o pedido do meu senhor Oberon. Agora vou procurar por ele!

Puck sai.
Entram Demétrio e Helena, correndo. Nenhum dos dois vê Lisandro e Hérmia deitados.

Helena — Para. Espere por mim, querido Demétrio!

Demétrio — Vá embora, eu ordeno. Não me persiga mais!

Helena — Oh! É capaz de me abandonar em uma noite tão escura?

Demétrio — Quero ficar sozinho.

Demétrio sai.

Helena — Fiquei sem fôlego com essa caçada amorosa. Quanto mais ardente é meu amor, menos ele se interessa por mim. Ah, devo ser tão feia quanto um urso! (*Pausa*) Mas quem está aqui? Lisandro? No chão? Morto? Adormecido? Não, não vejo sangue... nem ferimento algum. Lisandro, se você está vivo, acorde!

Lisandro — (*Despertando, apaixona-se instantaneamente*) Eu me atirarei nas chamas por seu amor! Bela Helena! A natureza colocou em você todas as suas maravilhas. Ah, ouço as delicadas batidas do seu coração! Onde está Demétrio? Oh! Esse nome vil merece desaparecer na ponta da minha espada.

Helena — Não diga isso, Lisandro. Que importa que ele ame sua Hérmia? Ela só ama a você. Devia estar contente.

Lisandro — Contente com Hérmia? Oh, não! Lamento os momentos cansativos que passei ao lado dela. Não é Hérmia, mas

Helena a quem amo. Quem não trocaria um corvo por uma pomba? A vontade do homem é governada por seus pensamentos. Os meus pensamentos me dizem que você é a mais digna de meu amor. É nos seus olhos que leio a minha história de amor, escrita no rico livro da paixão.

Helena — Por que nasci para ser tão ridicularizada? Quando mereci ouvir tantas ironias de sua boca? Está caçoando de mim, sem dúvida. Adeus! Pensei que fosse mais gentil! Oh! Por que uma dama rejeitada por um homem ainda deve ser insultada por outro?

Helena sai.

Lisandro — Ela não viu Hérmia. Hérmia, continue dormindo. Nunca mais se aproxime de Lisandro. Peguei horror à sua pessoa. Vou dedicar todo meu amor a Helena!

Lisandro sai.

Hérmia — (*Acordando*) — Socorro, Lisandro! Socorro! Arranque essa serpente que desliza em meu seio. Ai de mim! Piedade! Que pesadelo horrível! Olhe, Lisandro, como ainda estou tremendo de susto. Sonhei que uma serpente devorava meu coração. E que você sorria, apreciando o meu suplício! (*Percebe que Lisandro não está lá.*) Lisandro! Como? Desapareceu? Lisandro! Está fora do alcance da minha voz!? Foi embora! Sem nem dizer uma palavra? Ai de mim! Lisandro, fale alguma coisa, se está me escutando! Fale, amor de todos os amores! Estou quase desmaiando de pavor. Preciso encontrar você depressa.

Hérmia sai.

ATO III

CENA I
MESMO LOCAL

Entram Marmelo, Bem-Feito, Fundilho, Flauta, Focinho e Faminto.

Fundilho — Já chegamos todos?

Marmelo — Sem dúvida. Aqui está um lugar perfeito para nosso ensaio. Essa grama verde será nosso palco. A moita de espinheiros, nossos bastidores. Representaremos como se estivéssemos diante do duque.

Fundilho — Pedro Marmelo!

Marmelo — Que foi, Fundilho?

Fundilho — Há coisas nessa história de Príamo e Tisbe que nunca agradarão ao público. Primeiro, Príamo deve pegar o punhal para se matar. As damas não suportarão assistir a essa cena. Qual a sua solução para esse problema?

Focinho — É um risco para o espetáculo!

Faminto — Acho que devemos eliminar a cena de matança.

Fundilho — Não é preciso. Pensei num jeito para resolver tudo. Escreva um prólogo. Uma introdução ao espetáculo onde seja explicado que Príamo não se mata de verdade. Para esclarecer a plateia, diga que eu, Príamo, não sou Príamo, mas Nicolau Fundilho, o tecelão. Isso fará com que não tenham medo.

Marmelo — Muito bem. Vou escrever o prólogo.

Focinho — As damas não ficarão apavoradas com o Leão?

Faminto — Terão muito medo, estou certo de que sim!

Fundilho — Será terrível colocar um leão no meio das damas.

Focinho — Portanto, será preciso outro prólogo que deverá dizer que ele não é um leão.

Fundilho — Não será suficiente. O ator deverá dizer seu próprio nome. Algo assim: "Senhoras, ou formosas senhoras. Peço, melhor dizendo, suplico, que não tenham medo. Minha vida responde pela de vocês. Se pensassem que vim para cá escondendo um leão de verdade dentro desta fantasia, teriam que ter piedade da minha vida! Não, sou um homem como outro qualquer". Em seguida, diga seu nome, fazendo com que saibam que é Bem-Feito, o marceneiro.

Marmelo — Será como está dizendo. Mas ainda temos dois problemas a resolver. O primeiro é termos luar no espetáculo. Como sabem, Príamo e Tisbe se encontram ao luar.

Focinho — A lua brilhará na noite em que representaremos a peça?

Marmelo — Sim, haverá luar nessa noite.

Fundilho — Nesse caso, basta deixar aberta a janela do salão onde representaremos a peça. A lua brilhará através dela.

Marmelo — Ou, então, alguém deve entrar em cena com um ramo de espinheiro e uma lamparina, dizendo que veio representar o personagem do Luar. Há também outro problema: precisamos ter um muro no salão. Segundo conta a história, Príamo e Tisbe conversam através de um buraco em um muro.

Focinho — Trazer um muro é impossível. O que acha, Fundilho?

Fundilho — Um homem deverá representar o muro. Basta aplicar sobre ele algumas camadas de gesso, argamassa, argila ou cal. Deverá ficar com os dedos abertos assim, para simular o buraco do muro. (*Mostra*) Príamo e Tisbe poderão trocar segredos como narra a história.

Marmelo — Se fizermos como diz, dará certo. Vamos ensaiar, filhos de suas mães. Príamo, comece. Quando terminar sua parte, esconda-se ao fundo. Cada um vai entrando e saindo, de acordo com sua deixa.

Entra Puck, ao fundo. Fala à parte.

Puck — Que trapalhões são esses, que estão conversando em voz alta tão perto do berço da rainha das fadas? Vestem-se de maneira tão rústica! Como? Vão representar um espetáculo? Serei sua plateia! Quem sabe, acabo participando dessa comédia!

Sem perceber a entrada de Puck, que não pode ser visto pelos mortais, os atores continuam.

Marmelo — Fale, Príamo! Tisbe, aproxime-se!

Fundilho — (*Como Príamo*) Tisbe, as doces flores de cheiro horroroso...

Marmelo — Maravilhoso, é cheiro maravilhoso!

Fundilho — (*Como Príamo*) A doce flor é maravilhosa, perfumada
Assim como o ar que você expira
Ó minha Tisbe adorada
Tanto amor você me inspira!
Mas eis que ouço uma voz!
Quem estará tão perto de nós?
Espere minha doce amada
Aguarde minha chegada!

Puck — (*Para si mesmo*) Nunca vi um Príamo tão ridículo!

Puck sai na mesma direção de Fundilho.

Flauta — É minha vez de falar?

Marmelo — Sim, é sua vez. Você deve agir como quem sabe que ele saiu, mas logo deve voltar.

Flauta — (*Como Tisbe*)
Príamo de face tão branca e radiante
Matizada pela rosa fulgurante
Não há rapaz mais cordial e amável
Fiel como um cavalo infatigável
Eu o encontrarei no túmulo da menina...

Marmelo — No túmulo de Nino, homem! Mas não deve dizer isso ainda. Essa é a resposta que você deve dar a Príamo depois que ele falar outra vez! Entre, Príamo. Sua réplica é depois de "cavalo infatigável".

Flauta — Oh! (*Repete*) Fiel como um "cavalo infatigável".

Voltam Puck e Fundilho, que está com uma cabeça de asno.

Fundilho — (*Como Príamo*) Se eu fosse belo, bela Tisbe, eu só seria seu!

Marmelo — Que monstruoso! Que horror! É feitiço! Corram todos! Socorro!

Saem Marmelo, Bem-Feito, Flauta, Focinho e Faminto.

Puck — Vou segui-los! Fazer com que se percam nos pântanos, moitas, matas e espinheiros. Relinchar, latir, grunhir! Assustá-los até que corram pela noite confusos, amedrontados, apavorados!

Puck sai.

Fundilho — Por que fugiram? Estão brincando para me assustar!?

Volta Focinho.

Focinho — Fundilho, como você está diferente! O que estou vendo sobre seus ombros? Parece uma cabeça de asno!
Fundilho — O que está vendo? Só pode estar enxergando sua própria cara de asno!

Sai Focinho. Entra Marmelo.

Marmelo — Que as bênçãos do céu caiam sobre você, Fundilho! Está enfeitiçado!

Marmelo sai.

Fundilho — Ah! Estou percebendo. Querem brincar comigo. Assustar-me, dizendo que virei um burro. Mas não vão conseguir. Não vou fugir. Ficarei aqui. Vou cantar, para que saibam que não tenho medo. (*Canta*)
O melro de cor tão escura
Com seu bico alaranjado
A tordo de voz tão pura
A carriça de rabinho...

Titânia desperta. Vê Fundilho. Apaixona-se imediatamente.

Titânia — Qual é o anjo que me acorda do meu sono encantado? Ah, peço, gentil mortal, que cante novamente. Os meus ouvidos estão encantados por sua voz, os meus olhos fascinados por sua aparência! Sou forçada a dizer que estou apaixonada por você.

73

Fundilho — Creio, senhora, que tem bem poucos motivos para estar apaixonada. Porém, para dizer a verdade, nem sempre a razão e o amor caminham juntos.

Titânia — Oh! É tão sábio quanto belo.

Fundilho — Não sou nem uma coisa nem outra. Já estaria satisfeito se tivesse sabedoria suficiente para sair deste bosque.

Titânia — Não queira sair deste bosque. Ficará aqui, deseje ou não! Sou um espírito de ordem superior. O Verão é eterno no meu reino. E eu o amo! Venha comigo. Porei fadas a seu serviço. Vão lhe buscar tesouros do mar. Quando estiver dormindo em um leito de flores, elas cantarão de tal maneira que você será purificado. Perderá a grosseria de um mortal e ganhará a delicadeza de um espírito aéreo. Flor de Ervilha, Teia de Aranha, Mariposa, Grão de Mostarda!

Entram as quatro fadas.

Titânia — Sejam amáveis e delicadas com esse nobre senhor. Dancem em sua presença. Tragam-lhe framboesas, uvas maduras, figos doces e amoras. Busquem o mel das abelhas. Arranquem as asas coloridas das borboletas para esconder os raios da lua de seus olhos, quando estiver adormecido. Inclinem-se perante ele, e lhe rendam homenagens.

Fundilho — Estou agradecido de todo coração por sua gentileza. Qual é seu nome?

Teia de Aranha — Teia de Aranha.

Fundilho — Gostaria de nos conhecermos melhor, Teia de Aranha. Se cortar o meu dedo vou pedir um pedacinho de teia para estancar o corte. E o seu nome?

Flor de Ervilha — Flor de Ervilha.

Fundilho — Apresente meus respeitos à senhora Vagem, sua mãe, e ao senhor Ervilha, seu pai. Também quero que nos conheçamos melhor. O seu, por gentileza?

Grão de mostarda — Grão de Mostarda.

Fundilho — Já conheço sua família, Grão de Mostarda. Muitas vezes devorei seus parentes, nos molhos de carne! Vamos ficar amigos, Grão de Mostarda!

Titânia — Acompanhem meu amado até meus aposentos privados!

Todos saem.

CENA II
OUTRA PARTE DO BOSQUE

Entra Oberon.

Oberon — Ardo de impaciência para saber se Titânia já acordou, e qual foi a primeira criatura que apareceu na sua frente, por quem seguramente se apaixonou.

Entra Puck.

Oberon — Está chegando, espírito brincalhão? Já posso me divertir com o que está acontecendo agora de noite, neste bosque encantado?

Puck — A rainha das fadas, Titânia, apaixonou-se por um monstro! Enquanto dormia escondida em seu berço de flores, chegou um grupo de cômicos estúpidos, de artesãos grosseiros que trabalham em Atenas. Vieram ensaiar uma peça que deve ser apresentada no dia do casamento do digno Teseu. O mais estúpido entre esses ignorantes desempenhava o papel de Príamo. Saiu de cena e afastou-se dos outros, entre as árvores. Eu aproveitei a ocasião para lhe grudar uma cabeça de asno! Quando voltou à cena, deu tal susto nos outros que saíram todos correndo, semelhantes a patos selvagens diante de um caçador. Fugiram pela mata! Enquanto eu os perseguia, deixei sozinho o formoso Príamo de orelhas de burro. O encantamento funcionou! Quando Titânia despertou, apaixonou-se por esse asno.

Oberon — Tudo está indo melhor do que eu esperava. E quanto à minha outra ordem? Colocou o filtro do amor nos olhos do rapaz de Atenas?

Puck — Sim. Quando eu o encontrei, estava adormecido. A jovem ateniense dormia perto dele. Quando despertar, ele certamente olhará para ela.

Entram Hérmia e Demétrio. Não veem Oberon e Puck, invisíveis para seus olhos.

Oberon — Fique quieto. Este é o nosso ateniense.

Puck — Esta é a mulher que eu vi, mas o homem não é o mesmo.

Demétrio e Hérmia conversam sem perceber a presença de Oberon e Puck.

Demétrio — Por que me rejeita com tanta rudeza, se a amo com ardor? Guarde suas respostas amargas para seus inimigos!

Hérmia — Eu me limito a demonstrar meu desprezo.

Demétrio — Você, que tanto me machuca, brilha com o esplendor da sua beleza, como a longínqua Vênus lá no alto do céu, com sua luminosa esfera.

Hérmia — Longe de mim, chacal! Diga a verdade. Matou Lisandro? Ele jamais abandonaria sua Hérmia sozinha! (*Pausa*) Esteja ele morto ou não, não me procure nunca mais!

Hérmia sai.

Demétrio — É inútil segui-la no estado de irritação em que está. Vou descansar aqui alguns instantes.

Demétrio deita-se e adormece.

Oberon — O que fez? Você errou! Espremeu a flor nas pálpebras de um jovem amoroso, e, por conta desse erro, um grande amor deixará de ser verdadeiro, e um falso amor não ganhará verdade alguma.

Puck — Foram os fados que assim decidiram!

Oberon — Atravesse o bosque mais depressa que o vento. Encontre Helena de Atenas. Pálida e doente de amor, suspira de modo ardente! Use algum encanto para trazê-la até aqui. Eu encantarei os olhos dele antes que ela chegue.

Puck — Serei mais rápido que uma flecha!

Puck sai. Oberon pega mais uma flor. Espreme seu suco sobre os olhos de Demétrio.

Oberon — Flor de púrpura cor
Ferida pela flecha do amor
Penetra estes olhos fechados
Por aquela que tanto o ama
Brilhará a nova chama.

Puck volta.

Puck — Meu senhor, Helena já está vindo para cá. O rapaz sobre cujos olhos despejei o filtro do amor por engano a segue, e não para um instante de declarar sua paixão. Quer assistir a essa cena ridícula? Como são tolos os mortais!

Oberon — Vamos continuar invisíveis. O barulho dos dois despertará Demétrio.

Puck — Serão dois a cortejar a mesma mulher, ao mesmo tempo!

Entram Lisandro e Helena.

Lisandro — Por que pensa que só imploro o seu amor para a ridicularizar? Veja! Eu choro quando suplico seu amor! É a prova da sinceridade de minhas palavras. Como pode achar que é zombaria?

Helena — Como você tem talento para agir com maldade! Essas declarações pertencem a Hérmia.

Lisandro — Eu estava fora de mim quando jurei amor a Hérmia.

Helena — Não, está fora de si agora! Meu coração pertence a Demétrio!

Lisandro — Demétrio não ama a você, mas a ela.

Demétrio desperta. Olha para Helena e se apaixona.

Demétrio — Oh, Helena, deusa, ninfa, perfeita, divina! Com o que, meu amor, compararei seus olhos? Até o cristal parece turvo diante de seus olhos! Oh! Seus lábios assemelham-se a cerejas prontas para serem beijadas, que fazem crescer a tentação! Oh! Deixa-me beijar essa pele tão alva, esse selo de candura.

Helena — Oh! Ofensa! Oh! Inferno! Vejo que ambos combinaram fazer de mim objeto de suas caçoadas. Se tivessem algum cavalheirismo, uma sombra de cortesia, não me insultariam assim. Não basta que me desdenhem? Precisam se unir em corpo e alma para me ridicularizar? Fazem declarações quando estou certa de que não me suportam! São rivais no amor por Hérmia. Agora se tornaram também rivais no ardor para caçoar de Helena. Que ato de heroísmo! Que façanha a de me fazer chorar com tantos insultos!

Lisandro — Seu modo de se comportar é pouco generoso, Demétrio. Pare de agir assim, já que ama Hérmia. Não ignoro isso, bem sabe. Renuncio, em seu favor, a todos os meus direitos ao amor de Hérmia. Renuncia também na toda pretensão ao amor de Helena, a quem amo e amarei até a morte.

Helena — Jamais usaram palavras tão falsas para rir de alguém!

Demétrio — Lisandro, fique com sua Hérmia. Eu não a quero. Se um dia a amei, todo esse amor se desvaneceu. Meu coração só esteve com ela como um hóspede. Agora voltou para Helena como alguém que volta para casa e fica para sempre.

Lisandro — Helena, não é verdade.

Demétrio — Não tente diminuir a verdade do que não conhece. É uma atitude das piores. Aí vem sua amada. A sua adorada.

Entra Hérmia.

Hérmia — Lisandro! Eu o encontrei guiada pelo som da sua voz. Por que você me deixou sozinha de forma tão desagradável?

Lisandro — Por que ele deveria ficar, se o amor o chamava para outro lugar?

Hérmia — Que amor poderia tirar Lisandro de perto de mim?

Lisandro — O amor de Lisandro, o amor que não lhe permitia mais ficar. A bela Helena, que torna a noite mais fulgurante que as estrelas do firmamento. Por que me procura? Não compreende? A repulsa que tenho por você me obrigou a abandoná-la!

Hérmia — Não está falando o que pensa. Não pode ser.

Helena — Vejam! Ela também está conspirando contra mim! Agora entendo! Os três estão combinados para se divertir com essa brincadeira cruel. Falsa Hérmia, amiga ingrata, você aceita participar dessa caçoada para me atormentar? Esqueceu nossa antiga intimidade? Nosso carinho fraternal, as horas agradáveis que passávamos juntas, quando dizíamos que o tempo tinha asas nos pés, porque chegava muito depressa o momento em que devíamos nos separar? Oh! Tudo foi esquecido, tudo. A amizade da infância, a inocência da juventude. Nossos dois corpos tinham um só coração! Agora você rompe os laços de nossa antiga amizade, e se une com esses homens para rir de sua pobre amiga?

Hérmia — Estou espantada pelo que diz. Eu não a insultei. Pelo contrário, é você quem está me insultando.

Helena — Não induziu Lisandro a zombar de mim, elogiando meus olhos e meus traços? Demétrio, que tanto me desdenhou, também deve estar obedecendo sua instigação! Ele me chama de deusa, ninfa, divindade, celestial! Se possuo menos graças que você, se sou menos feliz no amor, é um infortúnio. Deveria provocar sua compaixão!

Hérmia — Não entendo por que fala assim!

Helena — Sim, sim, vá em frente, finja tristeza! Façam caretas um ao outro, quando eu virar as costas. Pisquem os olhos. Continuem a brincar. Se tivessem um pouco mais de piedade ou gentileza, não zombariam de mim. Adeus!

Lisandro — Fica, adorável Helena. Escute minhas justificativas, amor de minha vida, minha alma, minha encantadora Helena.

Helena — Oh, formidável!

Hérmia — (*Para Lisandro*) Querido, não caçoe dela.

Demétrio — Se o seu pedido não bastar, eu saberei forçá-lo a agir de outro modo.

Lisandro — Helena, eu a amo. Juro pela minha vida.

Demétrio — Eu afirmo que a amo mais do que ele jamais poderá amá-la.

Lisandro — Se insiste em lutar por ela, venha comigo. Terá que me enfrentar na ponta das armas!

Demétrio — Aceito o desafio! Vamos lutar imediatamente!

Hérmia — Lisandro, que quer dizer isso?

Hérmia segura Lisandro.

Lisandro — Afaste-se, mulher desagradável!

Demétrio — Não, não! Ele faz que vai me seguir. Mas não vem. É um covarde!

Lisandro — Vá se enforcar, gata desagradável! Vil criatura, larga-me. Ou a atirarei para longe de mim como se joga uma serpente.

Hérmia — O que fez você se tornar tão grosseiro? Que mudança é essa, meu querido?

Lisandro — Meu querido? Vá para longe de mim, poção venenosa!

Hérmia — Não está fazendo pilhéria?

Helena — Claro que sim. E você também.

Lisandro — Demétrio, mantenho meu desafio.

Demétrio — Já não estou seguro disso! (*Com desprezo*) Vejo que se deixa reter por um fraco elo! Não confio no que diz.

Lisandro — Que devo fazer? Feri-la? Atacá-la? Matá-la? Embora a odeie, não quero machucá-la.

Hérmia — Há maior mal que me odiar? A mim, odiar? Por quê? Ai de mim! Que aconteceu com você, meu amor? Não sou Hérmia? Não é Lisandro? Sou tão bela hoje quanto era ontem. No curto espaço de uma noite, você me amou e me abandonou. Por que me abandonou? Oh! Que os deuses me impeçam de acreditar. Está falando a sério?

Lisandro — Sim, eu garanto que sim, por minha vida. Afirmo que não tenho a intenção de tornar a vê-la. Não tenha mais dúvida. Eu a odeio. Amo Helena.

Hérmia — Ai de mim! Falsa, verme, ladra! Esta noite você apareceu para roubar o coração do meu amor!

Helena — Que belas palavras! Perdeu a compostura? A modéstia virginal? O bom senso? Que é isso? Quer arrancar palavras de raiva de meus doces lábios? Para trás, hipócrita! Marionete!

Hérmia — Marionete! Por quê? Ah, agora entendo o jogo de palavras. Percebo que ela quer comparar nossas estaturas. É mais alta que eu. Está se exibindo. Foi graças a essa vantagem que conseguiu me vencer. Sou por acaso uma anã? Tão pequena assim, grandalhona? Responda-me: sou tão pequena assim? Ah! Não sou tão pequena que minhas unhas não possam arrancar seus olhos!

Helena — Senhores, ouçam meu pedido! Embora queiram caçoar de mim, não a deixem me atingir. Não sou má. Nunca gostei de violência. Sou covarde como uma criança. Não permitam que ela me ataque. Talvez acreditem que, por ser um pouco mais baixa do que eu, poderia enfrentá-la.

Hérmia — Baixa! Você repetiu!

Helena — Boa Hérmia, não seja agressiva comigo. Sempre gostei de você, Hérmia. Jamais a prejudiquei. Minha única falta foi ter revelado seu plano de fuga, levada por meu amor por Demétrio. Ele a seguiu. Minha paixão me fez vir atrás dele. Ele me rejeitou. Permita que eu vá embora em paz! Ficarei sozinha com minha louca paixão. Não a seguirei mais. Vou embora. Está vendo como sou simples e amorosa?

Hérmia — Suma daqui, então. Quem a detém?

Helena — Um coração insensato, que ainda me prende.

Hérmia — Como? A Lisandro?

Helena — A Demétrio.

Lisandro — Não tenha medo. Ela não lhe fará mal algum, Helena.

Demétrio — Certamente não fará. Mesmo que você tomasse o partido dela.

Helena — Oh! Quando ela se enraivece, torna-se má e esperta. Já era uma víbora quando criança. Embora baixinha, é violenta.

Hérmia — Ainda repete a palavra baixinha! Sempre a palavra baixinha! Admitem que ela me ridicularize assim? Quero enfrentá-la!

Lisandro — Fora daqui anã, pigmeia, bolinha de vidro, bolota de carvalho.

Demétrio — Está se mostrando muito solícito para com uma jovem que não aceita suas declarações. Não se preocupe com ela. Não fale de Helena. Não tome a defesa dela. Pois se algum dia você tiver o atrevimento de lhe demonstrar a menor familiaridade, isso poderá lhe custar muito caro!

Lisandro — Agora que ela me largou, siga-me se tiver coragem. Veremos qual de nós dois tem mais direitos sobre Helena.

Demétrio — Segui-lo? Não, eu vou junto, para enfrentá-lo cara a cara.

Saem Lisandro e Demétrio.

Hérmia — É você a causa de tudo. Se quiser, fique.

Helena — Não confio em você. Não ficarei mais tempo em sua companhia. Para chegar às pancadas, suas mãos são mais rápidas que as minhas. Mas, em se tratando de fugir, minhas pernas são mais ligeiras!

Helena sai.

Hérmia — Estou tão surpresa com tudo que aconteceu! Nem sei o que dizer.

Hérmia sai.
Entram Oberon e Puck.

Oberon — Esse foi o fruto do seu erro. Sempre faz confusão. Quando não comete maldades de propósito.

Puck — Acredite-me, rei das sombras, foi um engano. Não me disse que eu reconheceria o jovem pelo traje ateniense? Eu encontrei um ateniense, como podia saber que deveria ter achado outro? Foi nos olhos de um ateniense que joguei o filtro do amor. Mas estou satisfeito com o resultado. A briga entre eles foi muito divertida.

Oberon — Os dois rapazes foram procurar um lugar apropriado para lutar. Seja rápido, Robin, torne a noite mais escura. Faça uma densa neblina cobrir a abóboda estrelada do céu. Faça com que esses rivais enraivecidos se percam um do outro, e não consigam se encontrar. Às vezes, imite a voz de Lisandro, xingando Demétrio. Depois, faça novas injúrias com a voz de Demétrio. Afaste um do outro até que o sono faça seus pés pesarem como chumbo. Então, esprema o suco desta erva nos olhos de Lisandro. Tem a propriedade de dissipar a ilusão. Ele voltará a ficar apaixonado por Hérmia. Mas Demétrio continuará amando Helena. Quando acordarem, toda essa confusão vai parecer um sonho. Os apaixonados voltarão para Atenas, unidos por laços que só a morte poderá romper. Enquanto você cumpre essa missão, vou procurar minha rainha, e pedir novamente que me entregue o menino indiano. Depois, vou libertá-la da paixão pelo monstro. A paz reinará em toda parte.

Puck — Poderoso senhor, é preciso agir depressa. Ao longe já brilham os primeiros raios da aurora.

Oberon — É verdade. Vamos terminar com tudo antes do dia chegar.

Oberon sai.

Puck — Por montes e vales, por montes e vales eu os conduzirei. Um deles está chegando!

Volta Lisandro

Lisandro — Onde está, orgulhoso Demétrio? Fale!

Puck — Aqui estou, covarde. Com a espada na mão, à sua espera. E você, onde está?

Lisandro — Bem perto. Eu o alcançarei daqui a pouco.

Puck — Siga-me para um terreno mais plano.

Sai Lisandro, como que seguindo uma voz. Volta Demétrio.

Demétrio — Lisandro! Covarde, medroso, fugiu? Escondeu-se em uma moita?

Puck — O covarde é você que está fazendo bravatas para as estrelas. Promete me enfrentar e não aparece? Venha, covarde!

Demétrio — Ah! Está aí!

Puck — Siga minha voz. Veremos em outro lugar se você é um homem de verdade.

Saem. Volta Lisandro.

Lisandro — Continua fugindo, sempre para longe de mim. Mas não deixa de me provocar. Quando chego ao lugar para onde me chama, já saiu dali. O safado tem pernas mais rápidas do que eu. Vou descansar aqui. (*Lisandro se deita*) Venha, dia, chegue depressa. Logo que a luz vier, eu encontrarei Demétrio e saberei punir seus insultos.

Lisandro adormece. Voltam Puck e Demétrio.

Puck — Covarde! Por que não vem?

Demétrio — Aguarde-me, se tem coragem. Estou vendo muito bem que está correndo na minha frente, mudando sempre de lugar, sem ousar parar! Onde está agora?

Puck — Venha para cá. Estou aqui.

Demétrio — Continua a caçoar de mim. Vai me pagar caro quando eu enxergar seu rosto à luz do dia. O cansaço me obriga a deitar sobre esse chão frio. Ao amanhecer, espere e receberá minha visita!

Demétrio deita-se e adormece. Volta Helena.

Helena — Oh! Que noite cansativa. Oh! Longa e tediosa noite. Abrevia as horas. Faça os raios do dia brilharem no horizonte! Poderei voltar para Atenas, para longe daqueles que detestam minha presença! Sono, vem me levar para longe de mim mesma!

Helena deita-se e adormece.

Puck — Só três ainda? Que venha mais uma. Dois de cada sexo perfazem quatro. Ah, ela está chegando, indignada e triste.

Volta Hérmia.

Hérmia — Nunca estive tão cansada. Nem tão aflita. Encharcada de orvalho, rasgada pelas pedras, não posso me arrastar para mais longe. Descansarei aqui, até que surja o dia. Se chegarem a duelar, que os céus protejam Lisandro!

Hérmia deita-se e adormece.

Puck — Profundamente adormecido, o rapaz repousa sobre a terra. Vou aplicar o remédio em seus olhos. (*Espreme a erva nos olhos* *de Lisandro*) Ao despertar, ele sentirá uma grande felicidade ao contemplar os olhos daquela que antes amava. Nada acontecerá ao contrário do que deve ser. Tudo terminará bem!

Puck sai. Os outros permanecem em cena, adormecidos.

ATO IV

CENA I
BOSQUE

Hérmia, Helena, Lisandro e Demétrio continuam adormecidos. Entra Titânia, com Fundilho ainda com a cabeça de burro e também com seu séquito de fadas. Oberon entra escondido atrás delas.

Titânia — Venha sentar-se neste leito de flores, para que eu acaricie seu rosto encantador, para que coloque uma coroa de rosas perfumadas sobre sua cabeça, e para que eu beije suas belas e longas orelhas, alegria da minha vida.

Fundilho — Onde está Flor de Ervilha?

Flor de Ervilha — Estou aqui.

Fundilho — Coce minha cabeça, Flor de Ervilha. Onde está Teia de Aranha?

Teia de Aranha — Aqui estou.

Fundilho — Teia de Aranha, use suas armas para matar aquela abelha pousada no alto da árvore. Traga-me seu favo de mel. Onde está Grão de Mostarda?

Grão de Mostarda — Que deseja?

Fundilho — Nada, só que ajude Flor de Ervilha a me coçar. Acho que minha barba está crescida. Sou um burro muito nervoso. Por menos que a barba pique, preciso me coçar.

Titânia — Diga, meu doce amor, o que deseja saborear!

Fundilho — Francamente, um saco de capim!

Titânia — Tenho a meu serviço uma fada esperta que vai vasculhar o esconderijo de um esquilo e lhe trazer nozes!

Fundilho — Prefiro um punhado de ervilha seca. Mas, por favor, diga para sua gente me deixar em paz. Sinto uma certa "exposição" para dormir.

Titânia — Dorme, e eu o envolverei com meus braços. Partam, fadas!

As fadas saem.

Titânia — Assim se abraçam gentilmente os ramos de madressilvas. Assim a hera se enrola na casca do olmo. Oh, como eu o amo! Como estou apaixonada!

Adormecem. Entra Puck.

Oberon — (*Aproximando-se*) Bem-vindo, meu bom Robin. Veja este delicioso espetáculo! Já começo a sentir pena dela. Há pouco eu a encontrei atrás do bosque procurando frutas gostosas para esse odioso ser. Quando tive o prazer de censurá-la, implorou com as mais doces palavras por minha paciência. Pedi que me desse o menino. Ela o entregou imediatamente, e mandou uma das suas fadas levá-lo a meus aposentos na Terra das Fadas. Agora que já consegui o menino, vou livrar seus olhos desse abominável engano. E você, gentil Puck, tira a cabeça de burro do crânio desse pobre ateniense. Ao acordar, ele deve voltar para Atenas recordando-se desta noite como de um sonho. (*Pausa*) Vamos começar libertando a rainha das fadas.

Oberon espreme a erva sobre os olhos da rainha.

Oberon — Seja como deve ser
Veja como quer ver
A erva de Diana sobre de Cupido a flor
Possui a força e o poder restaurador.

Terminado o encantamento, Oberon chama.

Oberon — Agora, Titânia, acorde, minha rainha querida!

Titânia — (*Levantando-se*) Meu Oberon, que sonhos tive! Sonhei que estava apaixonada por um asno!

Oberon — Aí está o seu amor.

Titânia — Não foi sonho? Como isso aconteceu? Oh! Que aparência horrível ele tem!

Oberon — Faça silêncio um instante. Robin, desfaça essa cabeça de burro. Titânia, faça a música soar. Que sua melodia mergulhe os sentidos desses cinco mortais em um torpor mais profundo que o sono comum.

Titânia — Música! Música para encantar o sono!

Inicia-se uma música suave ao fundo.

Puck — (*Para Fundilho, retirando sua cabeça de burro*) Quando você acordar, espie o mundo com seus próprios olhos estúpidos!

Oberon — Toque, música! Toque! Venha, minha rainha, me dê as mãos, vamos dançar na relva enquanto eles estão adormecidos.

Eles dançam.

Oberon — Agora estamos reconciliados! Amanhã, à meia-noite, dançaremos no palácio do duque Teseu, e invocaremos prosperidade sobre sua casa! Lá estarão também esses dois pares de apaixonados. Deverão se casar ao mesmo tempo que Teseu, para sua felicidade!

Puck — Meu rei, atenção. Já ouço o canto matinal da cotovia.

Oberon — Então, minha rainha, partamos em pesaroso silêncio, acompanhando as sombras da noite que se vai.

Titânia — Vamos, meu senhor. Durante nosso voo diga-me como foi possível que eu, a rainha das fadas, possa ter adormecido aqui, junto a esses mortais.

Saem Oberon, Titânia e Puck.
Ouvem-se trombetas de caça. Entram Teseu, Hipólita, Egeu e o séquito.

Teseu — Vamos iniciar a caçada. Desejo que minha amada ouça o soar dos latidos das mandíbulas ferozes de meus cães!

Sai um membro do séquito.

Teseu — Mas... que ninfas são essas?

Egeu — Meu senhor, é minha filha que está aqui adormecida! Aqui está Lisandro. O outro é Demétrio. Esta é Helena. Helena, filha do velho Nedar. Estou espantado por estarem juntos aqui!

Teseu — Diga, Egeu. Não é hoje que Hérmia deve dar sua resposta?

Egeu — Sim, meu senhor.

Teseu — Caçadores, toquem para despertá-los com suas trompas!

Ouve-se o som de trombas e gritos vindos de dentro.
Lisandro, Demétrio, Helena e Hérmia acordam e se levantam.

Teseu — Bom dia, amigos!

Os quatro se ajoelham.

Lisandro — Perdoe-nos, senhor.

Teseu — Peço a todos que se levantem. Eu sei que os dois são inimigos e rivais. Como podem dormir tão próximos, sem temer um ao outro?

Lisandro — Senhor, não sei como responder, tão espantado estou, ainda meio adormecido e meio acordado. Juro que não posso dizer como cheguei aqui. Mas sim, agora recordo o que aconteceu. Vou confessar a verdade. Vim para cá com Hérmia. Nosso plano era fugir de Atenas, para ficarmos fora do alcance da lei.

Egeu — Basta, basta, meu senhor. Já ouvi o bastante. Invoco a lei! Sim, a lei! A lei sobre a cabeça deles. Queriam fugir. (*Para Demétrio*) Insultaram a mim e a você, Demétrio. Tentaram impedir seu casamento. Frustrar a firme decisão de lhe conceder a mão de minha filha.

Demétrio — Senhor, a bela Helena me revelou a fuga e a intenção de ambos. Eu os persegui com raiva. O amor também trouxe a bela Helena no meu encalço. Não sei que poder transformou meus sentimentos, mas sem dúvida houve a ação de um poder misterioso. O meu amor por Hérmia derreteu-se como a neve. Agora, todo meu anseio, todo desejo do meu coração, o único prazer dos meus olhos, é a bela Helena. Eu estava comprometido com ela, antes de voltar meus olhos para Hérmia. Eu a desprezava como um doente recusa os alimentos. Como se a saúde retornasse, voltei a meu gosto natural. Amo Helena. Eu a desejo! Serei eternamente fiel a ela.

Teseu — Belos apaixonados, por sorte foram encontrados. Daqui a pouco escutaremos a continuação dessa história. Egeu, passarei por cima dos seus desejos. Quero que esses dois casais sejam unidos pelos laços eternos ao mesmo tempo que eu e minha rainha. Abandonemos a caçada. Voltemos para Atenas. Uma única cerimônia será celebrada para os três casais. Vamos, Hipólita.

Saem Teseu, Hipólita, Egeu e o séquito.

Demétrio — Minha lembrança das coisas que aconteceram é mínima e imperceptível, como as montanhas que ao longe se confundem com as nuvens.

Hérmia — Os meus olhos estão confusos e vejo em dobro.

Helena — Sinto o mesmo.

Demétrio — Vamos acompanhar o duque. No caminho contaremos nossos sonhos um ao outro.

Os quatro saem.

Fundilho — (*Acordando*) Quando chegar minha deixa, me chamem e responderei. Minha réplica virá depois dessas palavras: "Oh, tão formoso Príamo!" Ei! Pedro Marmelo! Flauta, consertador de foles! Focinho, funileiro! Faminto! Por Deus! Todos foram embora e me deixaram dormindo! Tive uma visão maravilhosa!

Tive um sonho! A capacidade de um homem não seria suficiente para escrever o que foi esse sonho. Quem tentar explicá-lo não será mais que um asno. Eu era... nenhum homem será capaz de dizer o que eu era. Os olhos de nenhum homem "ouviram", nem os ouvidos de algum homem "viram", nem a mão de um homem poderia "saborear", nem a língua "imaginar" o que foi o meu sonho!

Fundilho sai.

CENA II
ATENAS. CASA DE MARMELO

Entram Marmelo, Flauta, Focinho e Faminto.

Marmelo — Alguém foi à casa de Fundilho? Ele já voltou?

Faminto — Ninguém sabe dele. Sem dúvida, continua enfeitiçado.

Flauta — Se não aparecer, como apresentar a peça?

Marmelo — Impossível. Não existe em toda Atenas um homem capaz de representar Príamo como ele.

Entra Bem-Feito, o marceneiro.

Bem-Feito — O duque está voltando do templo, acompanhado de dois ou três senhores e damas que se casarão ao mesmo tempo que ele. Se pudéssemos representar nossa peça e diverti-lo, nossa fortuna estaria feita.

Entra Fundilho.

Fundilho — Onde estão meus companheiros? Onde estão meus corações?

Marmelo — Fundilho! Oh! Dia grandioso! Oh! Que momento tão feliz!

Fundilho — Amigos, eu teria coisas assombrosas para contar. Mas não me perguntem nada. Vamos nos apressar! É preciso irmos imediatamente para o palácio. Nossa peça já está inscrita! Vamos! Vamos embora!

Todos saem.

ATO V

CENA I
ATENAS
PALÁCIO DE TESEU

Entram Hipólita, Filóstrato, membros da corte e o séquito.

Hipólita — É muito estranho, querido Teseu, o que nos contaram esses apaixonados.

Teseu — Mais estranho que verdadeiro. Jamais poderei acreditar nessas antigas lendas, ou nessas histórias de fada. Os amorosos e os loucos ficam com o cérebro exaltado, têm fantasias visionárias e veem o que a fria razão jamais poderá entender. O lunático, o apaixonado e o poeta são todos possuídos pela imaginação. Um vê mais demônios do que pode caber no inferno. O apaixonado, não menos insensato, descobre a beleza de uma deusa no rosto de um mortal. Os olhos do poeta, em seu ardente delírio, vão do Céu à Terra e da Terra ao Céu. A pena do poeta dá forma a coisas inexistentes, uma moradia e um nome. Se sente alguma alegria, é por meio de um personagem que lhe traz contentamento. Ou se imagina algum perigo durante a noite, facilmente confunde um arbusto com um urso.

Hipólita — Mas a história que nos contaram sobre essa noite é estranha e admirável. As suas mentes se transformaram em conjunto.

Entram Lisandro, Demétrio, Hérmia e Helena.

Teseu — Estão chegando os apaixonados, cheios de alegria. Felicidades, meus queridos amigos! Que agradáveis dias de amor acompanhem seus corações.

Lisandro — Mais que a nós, a felicidade acompanhe sua mesa e seu leito!

Teseu — Agora, vamos ver. Que espetáculo, que dança temos para passar essa eternidade de três horas que nos espera da ceia até a hora de irmos para nossos leitos? Onde está o organizador de nossas festas? Que diversões nos preparou? Chamem Filóstrato.

Filóstrato — Aqui estou, poderoso Teseu.

Teseu — Qual é o entretenimento que teremos esta noite? Teatro? Música?

Filóstrato — (*Entregando-lhe um papel*) Aqui tenho uma lista das apresentações inscritas. Escolha, alteza, a que deseja ver em primeiro lugar.

Teseu — (*Lendo*) "A Batalha dos Centauros Cantada por um Eunuco Ateniense, Acompanhada por Harpa". Não queremos assistir isso. Já contei a história à minha amada, para falar da glória de meu antepassado, Hércules. (*Lê*) "A orgia das Bacantes Bêbadas". Também já assisti. É um espetáculo antigo. (*Lê*) "As Nove Musas Lamentam a Morte da Cultura, Recentemente Falecida na Miséria". É uma sátira! Demasiadamente crítica, não combina com uma cerimônia de casamento. (*Lendo*) "A Curta e Tediosa Cena do Jovem Príamo e sua Amada Tisbe, Tragicamente Divertida". Trágica e divertida! Chata e curta! Ou seja, é como gelo quente! Como encontraremos o acordo desse desacordo?

Filóstrato — É a peça mais curta que já vi. Mas ainda assim é longa demais, porque nela não há uma palavra bem colocada ou um ator talentoso.

Teseu — Quem são os atores?

Filóstrato — Rudes artesãos de mãos calosas, que trabalham aqui em Atenas. Cansaram seus cérebros rústicos, fatigaram sua memória ensaiando a peça para o dia de seu casamento, meu senhor.

Teseu — Queremos assisti-la.

Filóstrato — Não, alteza. Não é digna do senhor nem de sua esposa.

Teseu — Assistirei à peça. Nada há de impróprio quando é inspirado pela simplicidade e o dever. Vá buscá-los. Sentem-se, senhoras.

Sai Filóstrato.

Hipólita — O empenho desses atores pode terminar em sofrimento. Ele afirmou que não têm talento para fazer o espetáculo.

Teseu — Vamos elogiar o esforço, não o resultado, minha querida.

Entra Filóstrato.

Filóstrato — Se for do agrado de Vossa Graça, a peça já pode começar. O início é um prólogo declamado por um ator.

Teseu — Que entre o homem!

Som de trombetas.
Entra Marmelo, para interpretar o prólogo. Segundo o uso da época, pode vir vestido com um manto negro.

Marmelo — Se desagradarmos, será pela boa vontade
Mas acreditamos que não será assim

Queremos demonstrar nossa capacidade

Assim é o verdadeiro começo de nosso fim

Considerem, pois, nossa boa intenção

Só temos o desejo de oferecer diversão

Não viemos para provocar bocejos

E sim encantá-los com nossos gracejos!

Teseu — Esse rapaz não dá pausas de acordo com a pontuação!

Lisandro — Ele montou sobre o texto como em um potro bravo, sem saber como amansá-lo. É uma boa lição, meu senhor. Não basta saber falar, mas falar com harmonia.

Som de trombeta.

Entram Fundilho como Príamo, Flauta como Tisbe, Focinho como o Muro, Faminto como o Luar e Bem-Feito como o Leão.

Marmelo — *(Como Prólogo)*

Gentil plateia, talvez com este espetáculo vá se espantar

Mais admirada ficará quando a história tudo explicar

Este homem é Príamo, que amou heroicamente

Esta bela dama é Tisbe, a quem se dedicava

Este homem coberto de cal, disfarçado tão toscamente

109

Será o Muro, esse Muro vil que nossos apaixonados separava

Através de uma fenda do Muro, a nossas pobres almas restava

Viver sua triste sina, e em voz baixa segredar

Este homem com a lamparina, um cão e um galho de espinhos

Representa o Luar, sob cuja luz encontravam-se sozinhos

Os dois apaixonados para suas juras de amor trocarem

Foram até o túmulo de Nino, para um encontro sem medo

Mas esta fera malvada, cujo nome é Leão, tudo pôs a perder

E nessa noite, Tisbe chegou mais cedo!

Sobre ela saltou o leão, e de medo ela fugiu

Ao correr, seu manto sobre o chão caiu

Que o terrível Leão manchou com sua boca sangrenta

Logo depois chegava Príamo, o jovem alto e encantador

Encontrou o manto ensanguentado, mergulhou na dor

Ergueu a lâmina culpada de seu próprio punhal

No ardoroso e rubro coração deu o golpe fatal

Tisbe, à sombra de uma amoreira escondida,

Ao vê-lo perecer, no peito embainhou a mesma adaga

O Leão, o Luar, o Muro e o casal apaixonado

Tudo contarão, bem representado.

Saem Prólogo, Príamo, Tisbe, Leão e Luar.

Teseu — Estou curioso para saber se o Leão irá falar.

Focinho — (*Como Muro*) Neste mesmo espetáculo também me apresento

Sou eu, Focinho por nome, que o Muro represento

Mas um Muro cheio de fissuras

Fendas e aberturas

Pelas quais o apaixonado casal

Segredos trocam em amoroso ritual

Este barro, este reboco e esta pedra demonstram

Que sou um Muro real

À esquerda e à direita, pelas fendas abertas

Nossos apaixonados trocam suas juras tão certas.

Teseu — Poderia desejar que cal e pedra representasse melhor?

Demétrio — É o tabique mais divertido que já vi na vida, meu senhor.

Volta Fundilho, como Príamo.

Fundilho — Oh! Noite cinzenta! Oh! Noite tão escura!

Oh! Noite que é noite quando não é dia!

Oh! Noite, que lástima, que lástima, que lástima!

Temo que Tisbe tenha esquecido sua promessa

Oh, muro! Doce Muro, amável Muro!

Que se ergue entre o terreno do seu pai e o do meu.

Oh! Muro! Doce Muro, amável Muro!

Mostra-me sua fenda, para eu ver se a malvada me esqueceu.

O Muro abre seus dedos.

Fundilho — (*Como Príamo*) — Que Júpiter o abençoe, Muro gentil!

Mas que vejo? Não, não vejo de Tisbe o perfil!!

Não vejo minha alegria, oh, Muro malvado

Por que me deixa assim isolado?

Teseu — Creio que o Muro, sendo dotado de raciocínio, deveria responder com outra maldição.

Fundilho — (*Como Príamo*) Não, meu senhor. Na verdade, ele não deve responder agora. "Isolado..." é a deixa de Tisbe. Ela deve entrar agora, para que eu a espie através do Muro. O senhor verá, será tudo como estou dizendo. Veja, Tisbe está chegando.

Volta Flauta, como Tisbe.

Flauta — (*Como Tisbe*) Oh, Muro, que com tanta frequência meus lamentos ouviu

Separou o belo Príamo de mim, me fez tanto mal!

Meus lábios de cereja tantas vezes beijaram suas pedras

Ah! Suas frias pedras cimentadas com sofrimento e cal.

Fundilho — (*Como Príamo*) "Vejo" uma voz. Vou pela fenda espiar!

Quero "ouvir" a face da minha Tisbe!

Tisbe, oh, Tisbe!

Flauta — (*Como Tisbe*) Meu amor! Você é meu amor, acho que sim!

Fundilho — (*Como Príamo*) Oh! Beije-me através do furo desse malvado Muro!

Flauta — (*Como Tisbe*) Onde estão seus lábios? Beijo, beijo, e só sinto do Muro o furo!

Fundilho — (*Como Príamo*) No túmulo da menina vamos nos encontrar agora!

Flauta — (*Como Tisbe*) Viva ou morta, irei sem demora!

Fundilho e Flauta saem em direções diferentes.

Focinho — (*Como Muro*) Desse modo, eu, como Muro, meu papel desempenhei

113

E agora o Muro se retira, pois eu já terminei.

Focinho sai.

Teseu — Agora caiu o Muro entre os dois vizinhos.

Demétrio — Não há outro remédio, meu Senhor, quando as paredes têm ouvidos.

Hipólita — Essa peça é a mais estúpida que já vi em minha vida.

Teseu — Estão chegando dois nobres animais, um homem e um leão.

Voltam Leão e Luar.

Bem-Feito — (*Como Leão*) Dama gentil, de frágil coração

Que treme diante de um ratinho no chão

Que seus ossos chacoalha só de ver

Diante de um Leão em fúria certamente vai tremer!

Sou Bem-Feito, o marceneiro, saiba então

Nem a esposa Leoa, nem seu consorte Leão

Porque se um Leão aqui estivesse escondido

Só meus gritos teriam ouvido!

Teseu — É uma fera muito gentil, com boa consciência.

Lisandro — É um Leão tão valoroso quanto uma raposa.

Teseu — E tão discreto quanto um ganso. (*Pausa*) Vamos ouvir a Lua.

Faminto adianta-se.

Faminto — (*Como Luar*) Esta lamparina representa o crescente da Lua.

Demétrio — Ele deveria ter posto a lamparina na cabeça. Mas nesse caso, pareceria um chifre!

Faminto — (*Como Luar*) A lamparina representa da Lua o crescente

Ao homem da Lua me assemelho enormemente.

Teseu — A julgar pela pouca luz da sua inteligência, deve ser Lua minguante.

Lisandro — Continue, Lua.

Luar — Tudo o que tenho a dizer é que a lamparina é a Lua. Eu sou o homem da Lua. Este meu feixe de espinhos é meu feixe de espinhos, meu cachorro é meu cachorro.

Demétrio — Tisbe está chegando!

115

Flauta entra como Tisbe.

Flauta — (*Como Tisbe*) Aqui está o túmulo do velho Nino. Onde está meu amor?

Leão ruge. Tisbe foge.

Demétrio — Bom rugido, leão!
Teseu — Boa fuga, Tisbe!
Hipólita — Excelente luz, Lua! Não há duvida de que a Lua brilhou com muita desenvoltura.

O Leão rasga o manto de Tisbe e sai.

Teseu — Estraçalhou bem o manto, Leão!
Demétrio — Agora, Príamo está chegando de volta.

Volta Fundilho como Príamo.

Lisandro — E o Leão vai embora.

O Leão sacode o manto de Tisbe e sai.

Fundilho — (*como Príamo*) Doce Lua, obrigado por seus raios solares

Eu agradeço, Lua, por brilhar tão fortemente

Porque através da sua luz dourada, brilhante, graciosa,

Verei o adorado talhe da minha Tisbe formosa.

Mas, oh! Que desgraça! Que coisa mais pavorosa!

Que vê este desgraçado cavaleiro?

Que horrível dádiva aconteceu?

O seu lindo manto, o manto seu

Está manchado de sangue!

Teseu — Tanta paixão, e a morte de alguém que se ama, até poderiam dar inspiração para um ator parecer triste!

Hipólita — Para surpresa do meu coração, tenho pena desse homem.

Fundilho — (*Como Príamo*) Oh, natureza cruel, por que criou o Leão?

Porque foi o infame Leão que aqui deflorou a minha amada

Aquela que é — oh, não — que era a dama tão adorada

Que viveu, que amou, que gostou com dedicação

Venham, lágrimas, embacem meu rosto

Para fora da bainha, punhal! Venha ferir

O mamilo de Príamo!

Aqui, no mamilo esquerdo

Onde jaz o coração

Assim eu morro, assim, assim, assim!

Príamo se fere com o punhal.

Fundilho — (*Como Príamo*) Agora eu já morri

Agora eu já parti

A minha alma está no céu

Língua, perca seu ardor!

Lua, continue sua ronda!

A Lua sai.

Fundilho — (*Como Príamo*) Agora eu morro, morro, morro, morro, morro.

Demétrio — Ele merece não a morte, mas uma recompensa para ele. É único!

Hipólita — Se a Lua foi embora, como Tisbe pode voltar e vê-lo morto?

Teseu — Ela o verá pela luz das estrelas.

Volta Flauta como Tisbe.

Teseu — Ela está voltando. Seu desespero encerra a peça.

Hipólita — Espero que não fale tanto como Príamo, e que seja breve.

Flauta — (*Como Tisbe*) Está adormecido, meu amor?

Como? Morto, meu amor?

Oh, Príamo, levante-se!

Fale! Está mudo?

Morto! Um túmulo

Esconderá seus lindos olhos!

Seus lábios de lírio

Seu nariz de cereja

Essas faces pálidas

Já se foi! Já se foi!

Amantes, gemam!

Tinha os olhos verdes como o alho-porro!

Boca, não diga mais uma palavra!

Venha, fiel punhal!

Venha, lâmina, mergulhe em meu peito!

Tisbe se fere com a espada.

Adeus, amigos!
Assim Tisbe termina
Adeus, adeus, adeus!

Tisbe morre.

Teseu — O Leão e a Lua foram deixados para enterrar os mortos.
Demétrio — O Muro também.

Fundilho levanta-se rapidamente.

Fundilho — Posso garantir que não. O Muro que separava a casa de seus pais foi derrubado. Desejam ver o epílogo ou preferem ouvir uma dança?
Teseu — Epílogo não, por favor. A peça de vocês não necessita de explicações finais que sirvam de desculpa para o que foi visto. Assim como está, é uma peça muito boa e muito bem representada. Vamos assistir à dança.

Todos os artesãos retornam.

Entra música. Dois deles dançam. Os outros cantam.

Canção — A língua de ferro da meia-noite já contou as doze

Amantes, para a cama! É a hora mais agradável

Vamos dormir até a manhã estar alta

Porque nesta noite ficamos acordados até tarde

Esta farsa grotesca fez o tempo passar muito depressa

Amigos queridos, para a cama!

Haverá ocasião para celebrarmos solenemente

Novas noites e renovada alegria

Marmelo, Fundilho, Flauta, Focinho, Faminto e Bem-Feito saem.

Entra Puck.

Puck — Agora a coruja pia, e os túmulos abrem suas portas para vomitar seus espectros! Nós, os duendes, que fugimos dos raios do sol, seguindo a escuridão, já vagamos pela noite. Eu, Puck, fui enviado na frente, para varrer o pó atrás da porta. Esta casa será consagrada!

Entram Oberon e Titânia, rei e rainha das fadas, com todo seu séqui-
to. Entra uma música. As fadas e duendes dançam.

Oberon — De agora até o raiar do dia.

Titânia — Vamos abençoar este palácio!

Oberon — Iremos até o nobre leito nupcial, e de bênçãos o cobri-
remos.

Titânia — A família que lá for gerada será para sempre feliz. Seus
filhos serão saudáveis, sem verrugas ou sinais desagradáveis.

Oberon — Os três pares aqui reunidos, fiéis no amor permanece-
rão. Entre todos, para sempre, reinará a felicidade!

Saem Oberon, Titânia e seus séquitos.
Fica Puck.

Puck — (*Para a plateia*) Se nós, sombras, os deixamos ofendidos
Pensem um pouco, e já seremos redimidos
Enquanto vocês dormiam
Nossas visões aqui nasciam
A este fraco e preguiçoso enredo
Não mais que um sonho, um sonho somente

Gentis espectadores, se não acharam bem-feito

Perdoem! Da próxima vez tomaremos jeito!

Boa-noite para todos vocês

Venham me cumprimentar, se apreciaram

Pois queremos satisfazê-los em uma próxima vez!

FIM

Sonho de uma noite de verão

PROSA

1

A noite caía devagar. O reflexo avermelhado do sol que tingia a plantação de trigo e cevada ia desaparecendo. Logo tudo se transformaria em puro breu.

No porto, o trabalho chegara ao fim. Os carregadores de azeite e prata sorriam. Era hora de ir para suas casas, que ficavam ali bem perto da beira do cais. Era hora de jogar conversa fora, comer peixe, tomar vinho e comemorar o fim de mais um dia de trabalho.

A lua crescente já fazia seu caminho para o alto do céu. Atrás dela, deixava nas ondas do mar Egeu um rastro prateado. O brilho era tanto que alcançava a entrada das cavernas estendidas desde o pé das rochas até o fundo do mar.

O luar ajudava os vendedores de alimentos e roupas a reunirem suas coisas e iluminava o caminho de volta para casa.

Debruçada na janela de pedra do palácio, Hipólita observava o céu de Atenas coberto de estrelas. Pensava em Teseu, o homem com quem se casaria dali a alguns dias. E recordava com saudade da vida livre que tinha antes de ser capturada pelo noivo. Nascera e fora criada entre as amazonas, mulheres guerreiras que só se deitavam com homens para gerar filhos. Então, tornara-se uma delas. Gostava disso. Andava nua, banhava-se no mar a qualquer hora do dia ou da noite, tocava a lira, cantava com as companheiras e não recebia ordens de ninguém.

Viveu assim até o dia em que Teseu a raptou, levando-a para Atenas. Hipólita se apaixonou pelo homem forte e corajoso que vencera o Minotauro, livrando os jovens atenienses do monstro que os devorava. Por isso, não se importou muito com o rapto. Mas sentia saudade da vida de amazona, quando vivia só entre mulheres.

"Bem, não se pode ter tudo", pensou, virando-se para a porta ao ouvir um ruído na maçaneta.

Teseu entrou, a túnica branca sobre a pele morena e bronzeada, seguido por Filóstrato, o fiel mestre de cerimônias da corte, e um séquito de criados.

Hipólita suspirou. Dali a quatro dias, quando a lua crescente se transformasse em lua cheia, ele seria seu marido, o homem com quem passaria as noites, teria filhos, envelheceria. Sorrindo, o coração cheio de amor, ela recostou a cabeça no peito de Teseu, que a abraçou.

— Minha querida, como a lua cheia demora! — Apertou Hipólita contra ele. — Não sei mais como controlar meu desejo. Não vejo a hora de me casar...

— Quatro dias passam depressa, meu amor. O tempo é rápido como os sonhos. Logo, logo a Lua iluminará nossa noite de núpcias.

Animado com as palavras da noiva, certo de que ela esperava a noite do casamento para satisfazer o desejo que também sentia, Teseu virou-se para Filóstrato:

— Vá e convide os jovens de Atenas para celebrar nosso casamento. Saudemos a felicidade!

Filóstrato saiu para cumprir a ordem. Hipólita sorriu, emocionada.

— Será uma cerimônia inesquecível, querido.

— Sim, será. Quero gente, festa, alegria! Assim poderei compensar o que fiz.

Hipólita olhou, com ar de preocupação. Será que Teseu fizera algo errado?

— Como assim?

Ele a abraçou com mais força.

— Consegui minha noiva usando a espada, em vez de conquistá-la com meu carinho. Tomei seu amor pela força. Mas tenho a vida inteira para corrigir meu erro.

Sorriu e a beijou de leve nos lábios.

— Não foi um erro — Hipólita respondeu baixinho, a boca muito próxima da de Teseu. — Me apaixonei porque mulheres valentes e guerreiras como eu só conseguem amar homens valentes e guerreiros como você.

Um beijo longo e amoroso pôs fim à conversa.

2

Passos apressados no imenso corredor de pedra assustaram os noivos. Sobressaltados, interromperam o beijo e rapidamente se afastaram um do outro. Hipólita ajeitou o ombro do vestido. Teseu alisou as faixas de ouro que enfeitavam a túnica. Ambos arrumaram os cabelos. Sorriram um para o outro, cúmplices.

A entrada de quatro pessoas fez com que eles ficassem sérios.

À frente estava um senhor que pisava duro, deixando claro sua fúria. Seu rosto, porém, parecia esculpido em pedra. Parou no centro da sala. Os olhos lançavam faíscas. Afastou as pernas e cruzou os braços. A seu lado, um pouco mais atrás, estava Demétrio, lindo como sempre, e sua expressão mostrava uma mistura de raiva e desesperança. Longe deles, perto da entrada, um casal jovem e bonito, com ar intimidado. Ambos tinham as faces coradas, como quem acabara de correr. Ou de fazer coisa proibida.

Ao pensar nisso, Hipólita corou. Também fizera algo que a tradição da cidade proibia ao entregar-se com tanta paixão ao beijo de Teseu. Se estivesse nos campos, entre as amazonas, não haveria problema — elas não seguiam tradição alguma a não ser a sua, que pregava a liberdade de viver e de ser feliz. Mas ali no palácio, em Atenas, precisava se comportar.

— Mestre Egeu — cumprimentou Teseu, aproximando-se do senhor —, a que devo o prazer de sua visita?

— Que a felicidade o abençoe, meu duque! Quanto a mim, a infelicidade me amaldiçoa.

— O que houve?

— É... bem... quer dizer... — Egeu parecia ter vergonha de falar, mas finalmente tomou coragem: — É minha filha Hérmia, que me faz infeliz. — Olhou para Demétrio. — Aproxime-se, meu rapaz.

Demétrio obedeceu, sério.

— Nobre duque, dei a mão de minha filha em casamento a este moço, mas... — Enraivecido, virou-se para Lisandro. — Venha até aqui!

Lisandro se aproximou.

— Mas este outro a enfeitiçou. Fez poemas e promessas, cantou ao luar sob a janela de Hérmia, deu-lhe anéis, flores, doces. Enfim, roubou o coração de minha filha. E ela, que antes era tão obediente, hoje é teimosa e cheia de vontades. Como a filha me pertence, decidi pedir a Vossa Graça que me conceda o antigo privilégio de Atenas. Ou Hérmia se casa com Demétrio ou deve ser condenada à morte, de acordo com a lei.

Hérmia arregalou os olhos ao ouvir aquelas palavras. Entendera bem? Ou se casava com quem não amava ou morria? Então não tinha vontade própria?

Não, não tinha. Estava numa cidade submetida a tradições e a leis e, a menos que fugisse dali, seria obrigada a respeitá-las.

Hipólita fixou seu olhar em Hérmia. Percebeu sua indignação.

— Ouviu bem, Hérmia? — A voz de Teseu reverberou na sala silenciosa. — Você é bela porque seu pai a fez assim. Portanto, ele tem o poder de preservar ou destruir sua beleza. — Olhou para Demétrio. — E seu noivo é um homem de excelente caráter.

"Ele não é meu noivo!", Hérmia pensou em responder, mas controlou-se. Disse apenas:

— Lisandro também é.

— Sim, mas seu pai não o aprova.

— Perdoe meu atrevimento, Vossa Graça. — Hérmia baixou a cabeça numa atitude submissa fingida, que não escapou a Hipólita. — O que pode me acontecer se eu não me casar com Demétrio?

— A morte. Ou o convento.

Hérmia teve vontade de rir. Não havia conventos em Atenas, mas não iria contradizer o duque àquela altura dos acontecimentos.

— Bem, prefiro o convento ao casamento — respondeu quase sem respirar, rimando as palavras.

— Não seja apressada. Pense bem e dê sua resposta daqui a quatro dias, na minha festa de casamento. Se não quiser ser esposa de Demétrio, morrerá ou fará, no templo de Diana, votos de castidade eterna.

Demétrio sentiu um calafrio ao imaginar a mulher amada morta ou para sempre confinada em um convento.

— Case comigo, meu amor... — suplicou a Hérmia.

133

Então, olhou para Lisandro e falou, como se soltasse fogo pela boca:

— Desista. Respeite o meu direito.

— Que direito? — questionou Lisandro. — Você não tem o amor de Hérmia, mas a preferência do pai dela.

— Moleque atrevido! — esbravejou Egeu. — Mas você tem razão, pois Demétrio conquistou meu afeto. Por isso ofereço a ele os direitos que tenho sobre minha filha.

— Senhor, sou bem-nascido e rico, como Demétrio. Meu amor é maior que o dele, e é a mim que sua filha ama! Por que não posso lutar? Lembre-se que Demétrio cortejou Helena, filha de Nedar, e depois a deixou. É um homem inconstante e desleal. Mesmo assim Helena continua apaixonada por ele.

— Sei disso. Mas vou conversar com Demétrio sobre o caso — retrucou Teseu. Então se aproximou de Hérmia e ordenou: — Submeta-se à vontade de seu pai. Seja forte. Do contrário, teremos de aplicar a lei. — Foi até Hipólita e abraçou-a. — Vamos, meu amor. Demétrio e Egeu, sigam-me. Preciso da ajuda de todos para preparar a cerimônia de casamento. — Saíram, deixando Hérmia e Lisandro sozinhos.

3

Pálida, Hérmia caminhou até a janela. Sentia-se sufocada. Precisava tomar um pouco de ar. Que situação estava vivendo!

"Como um pai tem coragem de castigar a própria filha dessa maneira?", perguntou-se.

Parecia um pesadelo!

Lisandro, que até aquele momento mantivera-se como uma estátua, foi se aproximando devagar de Hérmia. Sabia que o verdadeiro amor nunca seguia caminhos tranquilos. Mas ele estava disposto a enfrentar águas turbulentas, se preciso, pelo amor de Hérmia. Lutaria por ela. E venceria a batalha.

Naquele momento, teve uma ideia. E se os dois fugissem para longe dali, onde as leis de Atenas não fossem válidas? Pensou na tia viúva que o amava como a um filho e que morava em outra cidade. Era uma pessoa aberta, que não dava a mínima para as tradições. Com certeza ela os ajudaria.

Expôs seu plano a Hérmia, que concordou com tudo no mesmo instante. Combinaram um encontro no bosque, depois da meia-noite. Fugiriam de Atenas, se casariam e seriam felizes em outro lugar.

Abraçaram-se com ternura, para selar o acordo. Mas, no momento em que iam se beijar, ouviram um ruído. Separaram-se a tempo de ver Helena entrar.

— Bela amiga, aonde vai? — perguntou Hérmia.

— De que me adianta ser bela se Demétrio ama a *sua* beleza?

— Ah, minha querida, faço tudo para ele me odiar. Mas parece que o resultado é sempre o contrário!

— Quanto mais o amo, mais ele me odeia. Droga! — exclamou Helena, olhando para a amiga de infância. Seus olhos estavam cheios de lágrimas. — Sabe, eu daria tudo para ser você!

Hérmia sentiu pena da amiga. Por nada no mundo queria vê-la triste daquele jeito. Resolveu, então, revelar seu plano. Tinha certeza de que Helena ficaria feliz.

— Fique tranquila. Demétrio será seu. Hoje à noite Lisandro e eu vamos nos encontrar no bosque e fugir de Atenas. O caminho ficará livre e você poderá reconquistar seu amor.

Helena ficou surpresa com a notícia. E feliz. Talvez tivesse alguma chance de reconquistar Demétrio... Sua cabeça parecia um redemoinho de ideias.

Viu quando os dois apaixonados se despediram. Lisandro e Hérmia... Eles tinham tudo para ser felizes! Eles se amavam! Por que o amor precisava obedecer a leis?

Helena caminhou devagar, de um lado para o outro do aposento. A amiga merecia ser feliz junto com o homem que amava. Não achava justo que algumas pessoas fossem mais felizes do que outras. A felicidade deveria ser distribuída igualmente para todos os seres humanos!

"O problema é que o amor não vê com os olhos, mas com a alma", refletiu. "Por isso a imagem de Cupido é a de um menino cego com asas. Ele representa a imprudência, a pressa. Por isso os apaixonados cometem tantos erros: porque agem sem pensar."

Lembrou-se das muitas promessas que Demétrio lhe fizera antes de se interessar por Hérmia. "É, o amor torna as pessoas inconstantes", concluiu.

— Já sei o que vou fazer! — disse para si mesma. — Vou contar o plano dos dois a Demétrio. Assim ele perde de vez a esperança de conquistar Hérmia. — Sorriu. — É isso mesmo! Que ideia maravilhosa que eu tive! — Bateu a porta, decidida, e foi ao encontro de Demétrio.

4

A luz da Lua penetrava pelas frestas da casa simples de madeira, localizada na parte baixa de Atenas. Num canto, uma tábua grossa e um colchão; em outro, o fogão e o forno a lenha. Em frente à cama improvisada, dois armários: um para louças e alimentos, outro para roupas e cobertores. No centro, uma mesa rodeada de cadeiras.

O dono da pequena construção, Pedro Marmelo, tinha muito orgulho de seu lar. Carpinteiro, ele mesmo fizera tudo: das paredes ao teto, dos móveis aos objetos.

Marmelo morava sozinho, mas naquela noite recebia visitas. Seus amigos Francisco Flauta, Nicolau Fundilho, Tomás Focinho, Robin Faminto e Bem-Feito tomavam vinho sentados ao redor da mesa. A reunião fora convocada por Marmelo, que inscrevera uma peça de teatro entre as atrações que fariam parte da festa de casamento de Teseu e Hipólita. Naquela noite, os personagens seriam distribuídos.

— O título de nossa peça é *A muito lamentável comédia e muito cruel morte de Príamo e Tisbe.*

— Uma obra-prima! — festejou Nicolau Fundilho. — E muito divertida! Amigo Pedro Marmelo, comece a distribuir os papéis. Senhores, atenção!

— Fundilho, amigo tecelão, você será Príamo, um homem apaixonado que morre por amor.

Fundilho estufou o peito, orgulhoso por ter recebido o papel principal.

— A plateia que se cuide. Provocarei tempestades de lágrimas!

Marmelo não lhe deu atenção. Prosseguiu:

— Francisco Flauta, consertador de foles, você será Tisbe, a dama por quem Príamo se apaixona.

— Essa não! Eu, no papel de mulher? De jeito nenhum! Além disso, estou deixando a barba crescer.

— Não faz mal — sossegou-o Marmelo. — Você usará máscara. Basta afinar a voz e falar como mulher.

— Ah, com máscara eu também posso fazer o papel de Tisbe — ofereceu-se Fundilho. — Usarei um tom bem fininho, delicado. — Faz pose e afina a voz: — "Príamo, meu amado, aqui está Tisbe, sua dama".

— Nada disso — interveio Marmelo. — Você será Príamo. — Virou-se para os outros. — Robin Faminto, o alfaiate, será a mãe de Tisbe. Eu serei o pai. Tomás Focinho, o funileiro, será o pai de Príamo. Bem-Feito, o marceneiro, fará o papel de Leão. Pronto, todos os papéis estão distribuídos.

— Quero logo o meu texto — pediu Bem-Feito —, porque tenho muita dificuldade em decorar.

— Você não diz nada, meu amigo. Só ruge.

Bem-Feito não gostou nem um pouco de um papel tão sem importância, mas evitou criar caso. E Fundilho se ofereceu para também representar Leão, ideia que Marmelo afastou ao ouvi-lo imitar um rugido.

— Se você representar desse jeito terrível, a duquesa ficará com medo, as damas gritarão de pavor e nós seremos todos enforcados.

Fundilho mordeu a isca, mas mesmo assim ainda tentou uma última vez:

— Posso adocicar a voz e rugir como uma pombinha. Melhor: como um rouxinol!

Os amigos caíram na gargalhada.

— Cada um de nós só pode representar um papel — explicou Marmelo. — E o seu, Fundilho, é o de Príamo, um cavalheiro... como você — acrescentou, para convencê-lo.

— Agradeço o reconhecimento dessa minha qualidade. Serei Príamo.

Marmelo suspirou, aliviado. A fórmula não falhava: para persuadir um vaidoso, nada melhor do que mexer com sua vaidade.

Resolvido o problema, Marmelo distribuiu as falas, pediu que todos as decorassem e marcou um ensaio geral para a noite seguinte, no bosque.

5

Visto de longe, um bosque parece apenas um emaranha-do de árvores, arbustos, plantas rasteiras, folhas caídas, insetos de formatos, cores e funções diferentes. Sim, um bosque é composto por tudo isso, mas também conta com outros tipos de habitantes. Seres de outra dimensão, de um mundo mágico, também têm por morada as árvores, plantas, flores e os subterrâneos das matas. Bem... se você não acredita, não faz mal. Imagine que era assim no bosque de Atenas.

Toda as noites, fadas, ninfas, elmos, moiras e duendes saíam de suas pequenas casas, onde passavam o dia dormindo, ou ocupados com seus afazeres, e passeavam pela mata. Alguns protegiam os humanos. Outros, os travessos, os enganavam e criavam situações engraçadas, divertindo-se com elas e com as reações dos moradores da cidade.

Um desses seres era o duende Puck. Vivia aprontando por todo lado, assustando as moças, azedando o leite, fazendo os viajantes perderem o caminho. Mas era fácil ganhar a simpatia dele: bastava chamá-lo Duende ou Gentil Puck. Nesse caso, Puck ficava tão alegre que até atraía a boa sorte para a vida da pessoa. O problema era que poucas pessoas sabiam desse detalhe, e por isso quase ninguém o chamava assim. Resultado: ele vivia aprontando as maiores traquinagens.

Claro que Puck se divertia bastante, mas Oberon, rei dos duendes, a quem Puck servia, também ria muito de suas travessuras. Como naquele dia em que, tomando a forma de uma banqueta, ele derrubou uma tia que contava histórias, fazendo todo mundo rir. Ou naquele outro, quando imitou o relincho de uma égua no cio e enganou o cavalo que procurava uma namorada.

Mas naquela noite, no bosque, Puck estava preocupado em evitar o encontro entre Oberon e Titânia, a rainha das fadas. Ambos viviam brigando, por ciúme e porque Titânia criava um garotinho indiano, filho de uma de suas melhores amigas, que falecera no parto. Oberon queria que ele fosse seu pajem, mas Titânia não abria mão do menino, a quem dedicava amor e cuidados.

Por isso, foi com apreensão que ele viu os dois toparem um com o outro e retomarem a já familiar discussão.

— Entregue-me o garoto, Titânia!

— Nunca!

Puck apontou na direção de ambos e comentou, com a fada que encontrara por acaso, cantando, no meio da mata:

— Se eles ao menos variassem o assunto, seria divertido vê-los brigar. Eles se amam, mas nunca vão reconhecer isso. São teimosos demais!

— Boa diversão, espírito rústico. Vou procurar outra coisa para fazer.

Enquanto ela voava para longe, Puck, sentado numa almofada de folhas secas, ria com as acusações que Oberon e Titânia faziam um ao outro. Pouco tempo depois a rainha se afastou, seguida por seus elfos e fadas. Quatro delas voavam a seu redor: Flor de Ervilha, Grão de Mostarda, Mariposa e Teia de Aranha.

— Bem, o espetáculo terminou. Hora de falar com o chefe.

Saiu de detrás das árvores que o protegiam e voou na direção de Oberon.

— Meu gentil Puck, aproxime-se! Tenho uma história para contar e um pedido para fazer.

O duende, feliz por ter sido chamado "gentil", sentou-se ao lado do rei.

— Ouço e obedeço, majestade.

— Lembra-se da noite em que ouvi uma sereia cantar, cavalgando um golfinho?

— Lembro sim, meu rei.

— Logo em seguida vi Cupido atirar uma flecha numa sacerdotisa. Mas ele errou o alvo. A flecha, carregada de amor, caiu numa florzinha branca, tornando-a vermelha. As moças colocaram o nome nela de amor-perfeito.

— Quer essas flores, majestade?

— Exatamente, meu espertíssimo duende! — Viu Puck sorrir, vaidoso. — O suco dessas flores, colocado nas pálpebras de alguém adormecido, faz com que se apaixone perdidamente pela primeira pessoa que encontrar.

Puck saiu a toda velocidade para cumprir sua tarefa. Oberon falou, baixinho:

— Vou derramar o suco em Titânia assim que ela dormir. Ao abrir os olhos se apaixonará pela primeira criatura que encontrar. — Deu uma risadinha. — Ela esquecerá o amor que tem pelo indiano e irá entregá-lo a mim. — Suspirou. — Depois quebrarei o encanto com uma erva, mas aí já será tarde.

Satisfeito com seu plano, Oberon começou a dançar. Mas parou em seguida, ao ouvir o ruído de passos sobre as folhas secas.

— Deu uma risadinha. — Então temos visitas, hein? Vou ficar invisível e ouvir a conversa.

6

— Quero ficar em paz! — disse Demétrio, encostando-
-se no tronco de uma árvore frondosa. — Onde estão Lisandro
e Hérmia? Estou começando a duvidar da história que você me
contou! Por favor, vá embora. Quero resolver isso sozinho.

— Não posso — respondeu Helena. — Vou junto! Você
me atrai como um ímã. Deixe de me atrair e não o seguirei mais.

— Eu a atraio? Do que você está falando? Cansei de dizer
que não a amo!

— Eu sei. Já ouvi isso muitas vezes. Mas não acredito. — Colocou as mãos nos ouvidos. — Não repita porque não vou acreditar.

— Se você não for embora, irei eu — Demétrio a ameaçou.
— E a deixarei no meio das feras da floresta.

Helena sorriu. Mas era um sorriso triste, que escureceu seus olhos.

— Não tenho medo. A pior fera do mundo tem um coração melhor que o seu.

Demétrio afastou-se do tronco e se preparou para partir.

— Vou embora. Não se atreva a me seguir. Ou receberá tantos insultos que irá embora, humilhada!

— Grande novidade... — Helena zombou. — Você faz isso o tempo todo.

Demétrio franziu a testa e marchou para o meio das árvores. Helena o seguiu.

Oberon, que vira e ouvira tudo, ficou indignado. Naquele momento, decidiu ajudar Helena.

"Fique sossegada, bela ninfa", pensou. "Antes que vocês voltem a Atenas, será ele que a seguirá, perdidamente apaixonado. Palavra de rei!"

Uma rajada de vento balançou os galhos das árvores e levantou as folhas secas do chão. Oberon não precisou ver Puck para saber que ele voltara. Foi logo perguntando:

— Encontrou as flores?

— Encontrei — respondeu Puck, entregando-lhe um maço delas.

— Ótimo. Estas são suas — disse Oberon, dando alguns amores-perfeitos para o duende. — Esprema o suco delas nos olhos de um cavalheiro vestido com trajes atenienses. Ele está acompanhado por uma linda jovem. Dê um jeito para que ela seja a primeira pessoa que o moço veja. Quero que ele fique perdidamente apaixonado por ela!

Puck deu pulos e pulos de alegria.

— Pode deixar comigo, chefe!

Virou-se e partiu, no meio de um redemoinho de flores secas e poeira.

7

Deitada em seu leito de flores, coberta por perfumadas madressilvas, Titânia mal conseguia manter os olhos abertos, de tanto sono. Pouco antes, distribuíra às fadas as tarefas necessárias para manter o bosque bonito e viçoso. Elas e os elfos agora entoavam canções para pedir aos insetos e aos animais perigosos que se afastassem e permitissem que a rainha dormisse em segurança.

Teia de Aranha terminou sua parte nos cânticos e olhou para o leito de Titânia.

— Ela dormiu. Podemos sair e cumprir nossas obrigações.

Oberon, que até aquele momento aguardara, com toda a paciência do mundo, que a cantoria terminasse, saiu da folha onde estava escondido, limpando o manto real.

— Essas fadas precisam cuidar melhor da limpeza! Vejam: fiquei com a roupa cheia de teias de aranha!

Ao perceber que falara alto, baixou o tom de voz, advertindo a si mesmo:

— Quietinho, Oberon, ou você vai acabar acordando Titânia.

Observou a respiração dela e percebeu que ela estava dormindo profundamente. Então se aproximou pé ante pé, e lentamente espremeu alguns amores-perfeitos nas pálpebras da rainha.

— Aquele que você vir primeiro, depois de acordar, será seu grande amor. E há de ser a criatura mais horrível deste mundo! Eu, Oberon, rei dos duendes, ordeno que assim seja!

Afastou-se no exato instante em que Lisandro e Hérmia entravam na pequena clareira, de mãos dadas. Ela suava e ofegava.

— Você está exausta, meu amor — observou Lisandro, atencioso. — Vamos descansar um pouco. Continuaremos quando amanhecer.

— Acho ótimo, querido. Encontre um cantinho para dormir. Eu ficarei aqui.

— Não quer se deitar a meu lado? Sabe que a respeitarei.

— Confio em você, mas prefiro ficar separada. Boa noite, amor.

Hérmia se aconchegou entre flores e folhas secas, sentindo o perfume das madressilvas que cobriam a cama de Titânia, mas sem desconfiar que alguém dormia ali perto. Lisandro deitou-se a alguns passos dela. Alguns minutos depois ambos já estavam adormecidos.

Os dois namorados não sabiam, mas, ali no bosque, o destino deles ia tomar um novo rumo!

8

Puck estava cansado. Percorrera o bosque inteiro, procurara em cada cantinho e nada de encontrar o ateniense de que Oberon falara. Já estava para desistir da procura quando deu com Lisandro, adormecido ao lado dos arbustos.

— O rapaz com roupas de Atenas! É ele! Finalmente o encontrei!

Aproximou-se devagar e espremeu o amor-perfeito nas pálpebras de Lisandro.

— Missão cumprida. Vou procurar Oberon e avisá-lo de que seu pedido foi atendido.

Para não acordar nem o jovem nem a belíssima moça que viu deitada ali perto, Puck saiu devagar, bem-comportado. Dessa vez não levantou poeira nem provocou o redemoinho de folhas secas.

Mal ele saíra, Demétrio passou correndo, com Helena logo atrás.

— Por favor, espere! Não me deixe sozinha, senão vou me perder!

— Melhor. Assim você deixa de me perseguir.

Ele parou, obrigando-a a fazer o mesmo. Ao vê-la exausta, a ponto de desmaiar, saiu correndo o mais velozmente que conseguiu. Helena nem se incomodou. Cansada, sentou-se no chão duro, olhou em volta e deu com Lisandro, adormecido. Temendo que ele estivesse doente, ou morto, tratou de acordá-lo.

Ele despertou, meio assustado, e viu Helena a seu lado. Apaixonou-se no mesmo instante.

— Ah, Helena, como eu a amo... Faria tudo por você. Até duelaria com Demétrio, para livrá-la desse fantasma que se instalou em seu coração.

— Que foi que deu em você, Lisandro? Enlouqueceu?

— Sim, enlouqueci. Estou louco de amor por você. É nos seus olhos que leio a minha história de amor, escrita no livro da paixão.

— Ah, não é possível. Um me despreza, e outro resolveu zombar de mim. O que eu tenho que leva os homens a quererem me fazer sofrer? A brincar com meus sentimentos? A me insultar dessa maneira?

Indignada, Helena deu as costas a Lisandro e saiu dali correndo. Ele não pensou duas vezes: foi atrás da nova amada.

Os ruídos despertaram Hérmia, que estava tendo um pesadelo. Ela acordou no exato momento em que pedia ao noivo, no sonho, que a livrasse de uma serpente que escorregava por seus seios e devorava seu coração. Lisandro apenas sorria. Trêmula, chamou seu nome. Ninguém respondeu. Ergueu o corpo para ver se ele ainda dormia e viu, surpresa, que estava sozinha.

— O que houve? Onde está você, querido?

Tremendo ainda mais ao descobrir que Lisandro a abandonara, incapaz de compreender o que acontecera, Hérmia se levantou e saiu à procura do amado.

9

O luar iluminava a clareira. Traçava no gramado o desenho dos galhos e das folhas das árvores que circundavam o local. O ar continuava perfumado pelas madressilvas que cobriam o leito da rainha das fadas. A moita de espinheiros lembrava os bastidores de um teatro, e a pequena clareira parecia um palco construído pela natureza.

Foi por isso que Marmelo, Bem-Feito, Fundilho, Flauta, Focinho e Faminto se reuniram ali para o ensaio da peça. Antes que o trabalho começasse, Fundilho sugeriu mudanças no texto. Por que o personagem Príamo teria de se matar com um punhal?

— As damas não vão suportar assistir a essa cena — alegou ele.

Focinho argumentou que esse problema poderia comprometer a encenação, e Faminto propôs eliminar essa parte do texto. Foi o próprio Fundilho que veio com a solução: escrever um prólogo, avisando ao público que quem perde a vida é o personagem, não o ator — no caso ele próprio, Nicolau Fundilho.

O Leão também levaria medo à plateia, afirmou Focinho, que achou melhor fazer também, no prólogo, uma observação sobre a diferença entre ator e personagem.

Marmelo concordou em escrever o prólogo. Logo em seguida Fundilho veio com outra ideia. Antes de representar seu papel, o ator poderia dizer seu nome, para deixar claro que não oferecia perigo para o público e que não morreria de verdade. Assim, com o prólogo e a fala do ator, ninguém se assustaria.

Havia ainda duas providências a tomar. Arrumar alguém que carregasse uma luminária, para fazer o papel de Lua, porque o texto dizia que Príamo e Tisbe conversavam ao luar. E colocar uma pessoa coberta de argila ou cal para representar o muro, uma vez que os apaixonados namoravam por um buraco na parede que dividia os pátios de suas casas.

Pouco antes de o ensaio começar, Puck apareceu. Ao notar as trapalhadas dos amigos, decidiu assistir ao ensaio. Tinha certeza de que iria se divertir bastante.

Os atores, sem perceber a presença do duende, que era invisível aos olhos humanos, deram início ao ensaio. Erraram falas, interpretaram mal seus personagens e, em vez de divertir Puck, acabaram por aborrecê-lo. Para se vingar, ele seguiu Fundilho por entre as árvores, quando sua fala terminou. Fez um feitiço. E Fundilho ficou com uma cabeça de asno!

Quando o ator-tecelão voltou ao ensaio, os amigos ficaram apavorados. Avisaram Fundilho sobre o encantamento e fugiram, com medo de que também fossem enfeitiçados. Puck os seguiu, decidido a assustá-los e a fazer com que se perdessem na floresta.

Certo de que seus amigos brincavam, Fundilho inventou uma canção para elogiar a própria coragem. Seu canto despertou Titânia. Mal ela se levantou, viu o tecelão cantando na clareira.

Você já deve ter adivinhado o que aconteceu, não é mesmo? Sim, ela se apaixonou por Fundilho. Perdidamente.

— Gentil mortal, cante novamente. Meus ouvidos estão encantados com sua voz, e meus olhos, fascinados por sua aparência! Eu o amo, senhor.

Fundilho não levou a bela rainha das fadas muito a sério. Mas ela insistiu na seriedade de seus sentimentos. E ordenou que o tecelão permanecesse no bosque. Prometeu colocar fadas a seu serviço, para que lhe oferecessem tesouros e cantassem, a fim de transformá-lo num espírito superior.

— Flor de Ervilha, Teia de Aranha, Mariposa, Grão de Mostarda! — chamou Titânia. — Sejam amáveis com esse senhor. Dancem para ele, tragam-lhe framboesas, uvas maduras, figos doces, amoras e mel. Façam-lhe reverências e lhe rendam homenagens. E, por favor, levem meu amado para meus aposentos.

As fadas obedeceram. Titânia, assim que se viu sozinha, voltou para a cama, louca de vontade de sonhar de olhos abertos.

10

Do outro lado do bosque, onde a quantidade de árvores era grande, a escuridão reinava. Ali os olhos dos seres humanos não viam nada, a menos que lamparinas clareassem o caminho. Já para os olhos dos pequenos espíritos da floresta, que não precisavam da luz para enxergar, tudo ali era visível.

Foi por isso que Oberon, curioso para saber o que aconteceu com Titânia e com Demétrio, quando viu Puck se aproximar, saudou-o com alegria.

— Conte-me tudo, espírito brincalhão! Posso começar a me divertir com os acontecimentos desta noite?

O duende contou-lhe sobre o ensaio da peça, a baixa qualidade da interpretação dos atores e o feitiço que lançara a Fundilho, colocando-lhe uma cabeça de asno. Contou também que Titânia se apaixonara por ele e o adulava, fazendo as fadas satisfazerem seus caprichos, para mantê-lo no bosque.

— Muito bem, gentil duende! E o ateniense? Apaixonou-se pela moça que o ama tanto?

— Certamente! Os dois dormiam quando os encontrei. Por isso, ao acordar, ele deve ter olhado para a jovem. A essa hora a estará perseguindo, com certeza.

Oberon ia elogiá-lo quando notou que mais à frente, onde a mata não era tão fechada, dois humanos conversavam.

— Lá está o ateniense. Vamos ficar quietos. Quero ouvir o que eles estão dizendo.

— Ateniense? — Puck perguntou, boquiaberto. — Era esse o ateniense que você me pediu para encantar?

— Não me diga que derramou o sumo das flores em outra pessoa!

Oberon nem esperou pela resposta. Teve certeza de que o duende errara o alvo. E o diálogo entre Demétrio e Hérmia confirmava o erro. Ele se declarava, implorando o amor da jovem, que o acusava de ter matado uma terceira pessoa, um homem chamado Lisandro. Depois disso ela saiu, desaparecendo entre as árvores, e

Demétrio, cansado, deitou-se sobre as folhas. Pegou no sono quase no mesmo instante.

— Seu grande trapalhão! Vá procurar Helena e traga-a aqui. Se for preciso, use algum encantamento. Vou enfeitiçar os olhos deste rapaz antes que ela chegue.

— Serei mais rápido que uma flecha, majestade!

Assim que o duende se foi, levantando poeira e folhas, Oberon pegou um amor-perfeito de seu alforje e espremeu-o sobre as pálpebras de Demétrio. Puck voltou um minuto depois, avisando que Helena se aproximava, seguida de Lisandro, que se apaixonara por ela.

— Meu senhor, é uma cena ridícula. Como os mortais são tolos!

— Que venham! O barulho de ambos fará Demétrio despertar.

Dito e feito. Helena e Lisandro chegaram e a conversa entre os dois acordou Demétrio. Ao abrir os olhos, ele viu Helena e caiu de amores por ela.

— Amor de minha vida! Deusa, ninfa, perfeita, divina! Seus olhos são mais claros do que o cristal, seus lábios têm a cor das cerejas e sua pele é alva como as mais belas nuvens. Beijá-la seria como viajar ao paraíso!

Helena não levou a sério a declaração de amor.

— Vocês devem ter combinado zombar de mim. Se fossem cavalheiros, educados, não me insultariam. Não me amam, mas fingem apenas para me humilhar, me ofender. São rivais no amor que sentem por Hérmia, e no entanto se uniram contra mim. Vocês não valem nada!

Lisandro, que ouvira argumentos semelhantes por horas seguidas, não se importou com as palavras de Helena. O que lhe causou surpresa, e uma surpresa enorme, foi a declaração de Demétrio. Considerou-a uma brincadeira de mau gosto. Propôs ao rival um acordo: ele, Lisandro, renunciaria ao amor de Hérmia, deixando o caminho livre para o outro; Demétrio, em troca, abdicaria do amor de Helena para que Lisandro pudesse se casar com ela.

A proposta deixou Helena ainda mais indignada. Ela imaginava que aquilo tudo era uma brincadeira de mau gosto dos dois homens. Eles queriam apenas insultá-la. Quanto a Demétrio, não aceitou o trato.

Como se a confusão formada pelo erro de Puck já não fosse suficiente, mais desentendimentos viriam pela frente: Hérmia despontava na alameda que levava ao local onde os três discutiam.

11

— Lisandro, meu amor! — disse Hérmia, aliviada ao vê-lo. — Eu o encontrei porque segui o som de sua voz. Querido... por que me deixou sozinha no bosque? Por que me abandonou?

— Simples: porque o amor me guiou para outro lugar — Lisandro respondeu e olhou para Helena. — Eu não poderia ficar ao seu lado porque amo Helena. Por você sinto somente repulsa.

— Isso não pode ser verdade... — balbuciou Hérmia. — É uma piada cruel...

Helena não conseguia acreditar no que estava acontecendo. E mais: ela tinha certeza de que a amiga também fazia parte do plano maquiavélico.

— Você também quer me humilhar, Hérmia?

Para Helena, a situação era ainda mais grave e inacreditável porque as duas eram amigas de infância e contavam tudo uma à outra. Confiavam cegamente uma na outra. Para Helena, a amizade estava acima de tudo. Por isso não se conformava com o que considerava uma traição de Hérmia.

Hérmia, por sua vez, sentiu-se insultada pelas palavras da amiga. Ambas se conheciam desde pequeninas. Como Helena podia imaginar que ela a trairia a ponto de brincar com seus sentimentos?

— Pensam que não sei que piscam e fazem caretas uns aos outros quando viro as costas? — queixou-se Helena. — Vocês desconhecem a gentileza e a piedade. Não vou mais encorajar, com minha presença, a manifestação de sentimentos tão feios. Adeus.

— Não vá, por favor — pediu Lisandro. — Se você for embora, levará meu coração e minha alma, tirando-me o gosto de viver.

Hérmia o fitou, aborrecida.

— Amor, não zombe de minha melhor amiga.

Lisandro não lhe deu ouvidos. Sua atenção estava toda voltada para Helena.

— Fique, minha adorada. Eu a amo tanto...

— Vocês deveriam fazer carreira no teatro. São ótimos atores. Sabem mentir muito bem — afirmou Helena.

— Não estou mentindo — contrapôs Lisandro. — Juro por minha vida!

— Pois eu declaro que a amo muito mais do que ele poderá vir a amá-la — disse Demétrio.

— Estou pronto para o duelo, meu caro — desafiou Lisandro. — Sou capaz de tudo por Helena. Às armas!

— Às armas — concordou Demétrio.

Hérmia segurou Lisandro, impedindo-o de sair dali. Ele a repeliu.

— Afaste-se de mim! Você é a criatura mais desagradável e repulsiva que conheço. Não me toque!

Ela não o soltou.

— O que houve? Por que você se tornou tão grosseiro? Por que me amou e me rejeita apenas no curto espaço de uma noite? Os deuses não me deixam acreditar que seu comportamento seja sincero.

— Vocês estão vendo? Lisandro é um covarde. Me desafia para um duelo e depois permite que uma mulher o prenda aqui — berrou Demétrio.

— Que você acha que devo fazer? — reagiu Lisandro. — Feri-la? Atacá-la? Matá-la? Embora a odeie, não quero machucá-la.

— Você me odeia? — Hérmia não sabia mais o que pensar. — Ai de mim! — Virou-se para Helena. — Sua falsa! Veio ao bosque esta noite só para roubar o coração do meu amor!

A discussão continuou por um bom tempo. Hérmia ameaçou atacar a amiga, dizendo que o fato de ser mais baixa do que ela não a impediria de lutar. Já Helena afirmou não gostar de violência, e pediu aos homens que contivessem Hérmia, caso ela decidisse machucá-la. Também apelou para a antiga amizade entre ambas, alegando que sua única falta fora revelar a Demétrio o plano de fuga. Prometeu então ir embora e não o perseguir mais. Jurou ficar sozinha a vida inteira, em respeito a sua paixão.

— Então desapareça! — vociferou Hérmia.

— Viram, senhores, como ela pode se tornar agressiva? — argumentou Helena. — É baixinha e violenta!

— Baixinha é a mãe! — respondeu Hérmia, com raiva.

Lisandro olhou para Hérmia e disse, furioso:

— Fora daqui, baixinha, pigmeia, bolinha de vidro, bolota de carvalho!

— Pare de insultar a outra só para agradar Helena — interveio Demétrio. — Se for um homem digno, venha lutar!

— Às armas! — conclamou Lisandro mais uma vez, entrando no bosque com Demétrio.

As duas mulheres retomaram a discussão, mas por pouco tempo. A primeira a desistir da conversa agressiva foi Helena, que se despediu e saiu dali. Depois de alguns minutos foi a vez de Hérmia deixar o local.

12

Oberon, que a tudo assistira, virou-se para Puck.

— Está vendo até onde pode levar um erro? Você sempre provoca confusões. E comete maldades de propósito.

— Juro que foi só um engano, meu senhor! Mas, para dizer a verdade, gostei do resultado. A briga foi muito divertida!

— Pare com isso e trate de corrigir o que fez. Impeça os homens de lutar. Crie uma neblina densa que esconda a lua e faça com que os dois se percam um do outro. Imite suas vozes em locais diferentes, para afastá-los mais e mais. Que eles se cansem e durmam. — Deu um preparado ao duende. — Esprema o sumo da erva de Diana nas pálpebras de Lisandro. Isso quebrará o encanto e o fará voltar ao normal. E não faça nada com Demétrio. Deixe que ele continue amando Helena.

— Sim, majestade.

— Agora vá! Rápido!

— Sim, majestade.

— Enquanto você desfaz seu erro, vou procurar Titânia e pedir que me entregue o garoto indiano. Depois a libertarei da paixão por aquele monstro. Então haverá paz em todos os lugares, em todos os corações.

— Depressa, majestade, porque no horizonte já surgem as primeiras luzes do dia.

Oberon caminhou na direção do leito de Titânia, do outro lado do bosque, e Puck seguiu à risca as instruções de seu rei. Finalmente, depois de algum tempo — em que se divertiu muito —, ele viu Lisandro, exausto de tanto correr de um lado para outro, imaginando seguir a voz de Demétrio, deitar-se e adormecer.

Alguns minutos depois, Demétrio, também cansado de ziguezaguear pelo bosque, em busca do rival, acomodou-se entre folhas secas e dormiu.

Sem saber que seu amor estava por perto, Helena pediu aos deuses que lhe enviassem o sono, para ajudá-la a esquecer a humilhação daquela noite, e foi atendida.

Logo em seguida, abalada pela tristeza, molhada pelo orvalho, ferida pelas palavras de Lisandro e pelas pedras, Hérmia também adormeceu. Perto do homem que amava.

Puck não perdeu tempo. Derramou o suco da erva de Diana nos olhos de Lisandro e sumiu na costumeira nuvem de vento, folhas e poeira.

13

Titânia estava tão ocupada com Fundilho que nem percebeu a aproximação de Oberon. Colocara uma coroa de rosas perfumadas no homem-asno, acariciava seu rosto e beijava com delicadeza as longas orelhas. Flor de Ervilha afagava a cabeça do tecelão, Teia de Aranha servia-lhe favos de mel, e Grão de Mostarda coçava sua barba.

— Você tem fome, meu amor? O que quer comer?

— Ah, um delicioso saco de capim!

— Não prefere nozes?

— Não, obrigado. Não há nada mais saboroso neste mundo do que capim fresco! — Fundilho se espreguiçou. — Na verdade, querida, eu gostaria de dormir antes de comer. Pode pedir para seu pessoal me deixar em paz?

— Claro, meu adorado. — Virou-se para as fadas: — Podem ir, agora. Nos veremos mais tarde.

As pequenas jovens voaram para longe e Titânia acomodou o amado no leito, abraçando-o.

— Estou tão apaixonada... — Logo caía em um sono profundo.

Escondido atrás de uma fileira de arbustos, Oberon espiava a cena. Sentiu muita pena de Titânia, mas não se arrependia de ter sido o responsável por aquela situação. Fora a única maneira de tirar dela o menino indiano.

— Veja isso, gentil Puck. Alguns minutos atrás eu a encontrei atrás do bosque, colhendo frutas para esse ser horroroso. Pedi que me entregasse o garoto e ela aceitou sem discussão, mandando que uma das fadas o levasse a meus aposentos.

— Que mudança a dela, hein, majestade?

— Pois é... Mas agora que consegui o que queria vou livrá-la do encantamento. Quanto a você, tire a cabeça de burro do pobre tecelão. Ele deve voltar para Atenas assim que acordar, pensando que os acontecimentos desta noite foram apenas um sonho. Certo?

— Certo!

Aproximaram-se do leito em silêncio. Oberon espremeu o sumo da erva de Diana nas pálpebras de Titânia e a acordou.

— Oberon querido, que sonho pavoroso eu tive! Sonhei que estava apaixonada por um asno!

O rei dos duendes riu e apontou para Fundilho.

— Eis o seu amor!

— Então não foi um sonho? Como esta tragédia aconteceu?

— É a sua vez, Puck — disse Oberon, em resposta à pergunta de Titânia.

O duende se aproximou de Fundilho e o desencantou. O tecelão voltou ao normal.

— Quando você acordar, verá o mundo com seus olhos e lembrará desta noite como de um sonho — comandou Puck.

— Querida Titânia, peça música! Tudo voltou ao normal, a paz reinará e precisamos comemorar isso! Vamos dançar, minha rainha!

— Sim, meu Oberon, dancemos!

— Que bom que nos entendemos, Titânia. Amanhã à meia-noite dançaremos no palácio de Teseu, invocando saúde e felicidade para ele e Hipólita. E para dois outros casais: Helena e Demétrio e Hérmia e Lisandro, que deverão se casar na mesma cerimônia que unirá o duque e a amazona!

— Meu rei, cuidado — alertou Puck. — A cotovia começa a entoar seu canto matinal.

— Vamos, minha vida — disse Oberon, dirigindo-se a Titânia. — Partamos, acompanhando as sombras da noite. Voltemos para casa.

14

O som das trombetas se espalhou pelo bosque, anunciando a chegada de Teseu e seu séquito. Os animaizinhos que ali viviam entraram correndo em seus esconderijos, pois sabiam que naquele momento iria se iniciar uma caçada. E nenhum deles pretendia deixar o bosque para ser assado e enfeitar as mesas de banquete do palácio.

— Bem, iniciemos a caçada — ordenou Teseu, virando-se para Hipólita.

Ao fazer esse movimento, ele deparou com duas belas jovens adormecidas na relva. Pensou que fossem ninfas, mas Egeu logo descobriu tratar-se de sua filha e de Helena. Mais adiante, espantado, viu Lisandro e Demétrio, também dormindo.

— O que esses quatro fazem aqui?

— Meu bom Egeu, vamos acordá-los para que nos contem por que vieram juntos para o bosque. Caçadores, toquem as trombetas!

Os quatro jovens despertaram. Levantaram-se e, ao ver Teseu, ajoelharam-se, em sinal de respeito.

— Fiquem em pé, por favor. Posso saber por que estão aqui?

— Na verdade, senhor — começou Lisandro, ainda meio adormecido, mas sincero —, Hérmia e eu íamos fugir de Atenas para casar e viver longe do alcance da lei.

— Ah, é? — reclamou Egeu. — Pois de nada adiantou, porque agora invocarei a lei. Vocês me insultaram. Queriam desobedecer minha decisão de dar minha filha em casamento a Demétrio.

— Helena me contou sobre os planos de ambos — disse Demétrio, dirigindo-se a Egeu — e me seguiu pelo bosque. Aqui, um poder misterioso me fez voltar a amá-la. Quero me casar com ela, se o senhor permitir que seja desfeito o compromisso com Hérmia, sua filha.

Teseu sorriu.

— Mestre Egeu, vou tomar uma decisão que talvez não lhe agrade, mas que será a melhor para esses jovens apaixonados.

Hérmia será esposa de Lisandro e Helena se casará com Demétrio. E isso acontecerá ainda hoje, durante a cerimônia que me unirá a Hipólita.

Felizes com as palavras do duque, e ainda sem entender o que acontecera naquela noite, os quatro começaram a caminhar para Atenas.

Mais atrás, no leito de Titânia, Fundilho acordou. A primeira coisa que fez foi chamar os amigos, certo de que ainda estavam por perto, ensaiando a peça. Ao ver que estava sozinho, levantou-se e voltou para casa, para se lavar e depois ir encontrar os amigos. Precisava contar-lhes o sonho que tivera. Os animaizinhos saíram de seus esconderijos, felizes por se verem livres da caçada, e se espalharam pelo bosque.

15

Na casa de Marmelo, os atores estavam preocupados. Ninguém sabia o paradeiro de Fundilho. E, sem ele, não haveria apresentação. Como encenar o drama sem o personagem principal?

Bem-Feito, o marceneiro, entrou esbaforido e contou a novidade: na mesma cerimônia se casariam Teseu e Hipólita, Lisandro e Hérmia, Demétrio e Helena.

Todos ficaram intrigados, sem entender nada.

Mas o marceneiro foi rápido e falou:

— Se conseguirmos apresentar nossa peça e diverti-los, nossa fortuna estará assegurada!

Uma batida à porta antecedeu a entrada de Fundilho, já livre do encantamento.

— Fundilho! Você não faz ideia de como estamos felizes em vê-lo! Onde estava? O que aconteceu?

— Tenho muito para contar, mas fica para depois. Precisamos ir ao palácio e aguardar que nossa peça seja escolhida pelo duque. Vamos!

Aliviados com a chegada de Fundilho e confiantes na encenação, partiram em direção ao palácio.

16

Hipólita comentava com Teseu a estranha história contada pelos quatro apaixonados. Ele, que não acreditava em lendas, nem em duendes, nem em fadas, tinha certeza de que o amor alterara a capacidade de raciocínio dos jovens.

— Querida, os lunáticos, os apaixonados e os poetas são possuídos pela imaginação. Por isso, não devemos levar a sério o que os quatro nos contaram. Feitiços e encantamentos não existem.

— Talvez você tenha razão, meu amor, mas é intrigante saber que suas mentes se transformaram em conjunto.

Naquele momento os quatro entraram na sala, saudando Teseu e Hipólita.

— Ah, aqui estão os apaixonados! Em boa hora! Vamos ver o que os súditos haviam preparado para as três horas que separam a ceia da hora de irmos para nossas camas. Onde está o organizador de nossas festas? Que diversões nos preparou?

Um minuto depois chegava Filóstrato, com a lista das apresentações inscritas. Rapidamente a entregou a Teseu. O duque as leu, uma a uma, sem gostar de nenhuma. Então Filóstrato lhe explicou que a mais curta era uma peça encenada por artesãos. Eles, embora sem nenhum talento para o palco, eram gente do povo e fizeram questão de homenagear o duque.

Teseu voltou a ler o nome da peça, que os amigos tinham mudado:

— "A curta e tediosa cena do jovem Príamo e sua amada Tisbe, tragicamente divertida". Curta e tediosa. Trágica e divertida. Esta peça é uma contradição já no título. Intrigante. Queremos assisti-la.

— Alteza, essa peça não é digna do senhor nem de sua esposa.

— Ora, Filóstrato, há muita dignidade na simplicidade e no dever. Vá buscar os artesãos. Sentem-se, senhoras. Vamos elogiar o esforço desses homens do povo, não o resultado.

Minutos depois Filóstrato voltava, acompanhado dos atores. Eles mal cabiam em si de orgulho por terem sido escolhidos pelo duque.

Marmelo recitou o prólogo, sem obedecer à pontuação, e praticamente contou toda a história, desfazendo o suspense. Em seguida, Focinho apresentou-se como Muro. Então entrou Fundilho, com sua primeira fala como Príamo. Ao terminá-la, ouviu um comentário bem-humorado de Teseu e, esquecendo-se de que representava um personagem, respondeu a ele.

Essas falhas, que acabariam com qualquer espetáculo profissional, eram encaradas com bom humor pelos seis noivos. Eles se divertiam com os erros da encenação.

No final, quando Príamo e Tisbe morrem, os noivos seguravam a vontade de rir. O fim da peça mostrava uma tragédia, mas tão mal representada que parecia uma comédia.

— Pronto, senhores, acabou — anunciou Fundilho. — E agora, que preferem? O epílogo ou uma dança?

Receoso de que o epílogo fosse tão longo quanto a encenação, Teseu escolheu a dança. Os artesãos voltaram, cantando e dançando. Felizmente a canção era curta, e eles logo se despediram, deixando o salão do palácio.

Puck, que da janela aguardava o fim do espetáculo, entrou, invisível como sempre. Com um movimento, tirou, sem que ninguém percebesse, todo o pó do palácio, para que Oberon e Titânia abençoassem o local e os noivos.

— Esses casais serão fiéis um ao outro e terão filhos saudáveis. Entre eles sempre reinará a felicidade — afirmou Oberon, lançando energias positivas aos noivos.

— Que todos os dias desses casais sejam como sonhos — disse Puck. — Sonhos de uma noite feliz de verão.

Saiu em seguida, para acompanhar a dança de Oberon, Titânia e seus séquitos de duendes, elfos e fadas. Enquanto a noite durasse, os pequenos seres dançariam para afastar a negatividade e encher de alegria o presente e o futuro dos recém-casados.

GLOSSÁRIO

Ao longo de *Sonho de uma noite de verão*, Shakespeare passeia por personagens mitológicos e também faz referências históricas. É uma boa oportunidade para também "passear" entre eles, e conhecer um pouco mais desse fascinante universo. Vamos falar dos personagens que surgem ao longo do texto.

MITOLOGIA GREGA E ROMANA

Amazonas — Segundo a lenda, eram mulheres guerreiras que governavam a si próprias, e só mantinham relações com homens para ter filhos. Criavam somente as meninas. Segundo a mitologia grega, Hipólita, rainha das Amazonas, teve o seu cinto roubado pelo herói Héracles (Hércules, segundo os latinos), e terminou assassinada por ele. Entretanto, como vimos, Shakespeare usou de liberdade poética.

Cupido — Eros, para os gregos. Filho de Vênus, era o deus do amor. Representado por um menino com arco e flecha. Frequentemente aparece com os olhos vendados, porque o amor cega.

Centauros — Metade homens, metade cavalos, eram seres mitológicos que viviam nos campos e bosques. De acordo com a lenda, só havia um centauro sábio, o imortal Quíron.

Diana — Ártemis, para os gregos. Senhora dos animais e da caça. Deusa da Lua. Era uma deusa virginal. Vagava pelos bosques e florestas, com seu arco dourado, acompanhada por uma matilha de cães. Protegia caçadores e mulheres grávidas.

Egle, Perigênia, Ariadne e Antíope — Jovens com quem Teseu viveu histórias de amor.

Hércules — Héracles, para os gregos. Filho do amor entre o maior dos deuses, Zeus, e uma mortal, Alcmena. Nasceu com força descomunal. Ainda no berço estrangulou duas cobras mandadas para matá-lo pela ciumenta esposa de Zeus, a deusa Hera (Juno).

Musas — Conhecidas pela beleza e suavidade de seus cantos, eram representadas por nove irmãs, frequentemente invocadas pelos artistas em busca de inspiração.

Netuno — Nome romano do deus dos mares, protetor das águas. Entre os gregos, era conhecido por Poseidon. Depois da destruição de Cronos, seu pai, Poseidon lutou com seus irmãos Zeus e Hades pela partilha do mundo. Zeus ficou com os Céus e a Terra; Hades, com o mundo subterrâneo dos infernos; Poseidon, com os mares. Sua arma é o tridente, com o qual pode fazer a terra tremer e destruir o que quiser.

Ninfas — Divindades das águas, das fontes e das nascentes, representadas sob a forma de belas jovens.

Parcas — Eram três irmãs que regiam a duração da vida dos homens.

Teseu — É o grande herói ateniense. Filho do deus do mar, Poseidon, com uma mortal, é forte, corajoso e inteligente. Conta a lenda que foi rei de Atenas e abriu mão de vários de seus poderes para dá-los a uma assembleia eleita pelos cidadãos, fundando assim a Democracia.

Vênus — Afrodite, entre os gregos. Deusa da beleza e do amor. Considerada a mais bela entre as deusas, teria nascido no mar, e vindo à Terra em uma concha.

MITOLOGIA CELTA E ESCANDINAVA

Elfos — São seres que têm controle sobre a terra, fogo, ar e água. Pequeninos, deslumbrantes e caprichosos, dançam à noite nos prados. Seduzem os jovens e os ingênuos. Podem causar a morte.

Duendes — Seres da natureza, que protegem as árvores e as florestas. Segundo a lenda, cada árvore ou planta tem um duende que nela vive e dela cuida. Existem também os duendes brincalhões, que enganam os seres humanos e estragam sua comida.

Fadas — Seres representados sempre com a aparência feminina, com poderes sobrenaturais. Costumam ser poéticos e sábios. Na maior parte das lendas, costumam fazer o Bem.

Referências

Dança — Quando Shakespeare se refere à dança final, trata-se da dança bergamasca, originária de Bérgamo, na Itália, com a qual era costume encerrar os espetáculos no século XVII.

Portas de Atenas — As cidades da Antiguidade costumavam ser cercadas por muros, para a defesa contra os inimigos. Nesses muros havia portões, fechados à noite, e por onde, mesmo nas horas do dia, com frequência era exigido algum tipo de identificação para se passar. No caso, Shakespeare descreve Atenas como uma cidade medieval europeia, com muros e portões.

Tordo, Melro e Carriça — Pássaros de pequeno porte, típicos da paisagem inglesa.

Vestal — Guardiã do fogo sagrado dos templos da deusa Vesta (Héstia, para os gregos). O templo das vestais era um espaço sagrado na Roma antiga. Virgem, a vestal fazia voto de castidade. Era submetida a proibições rigorosas. O rompimento dos votos acarretava a morte.

Quem foi William Shakespeare

Considerado o maior autor de língua inglesa, William Shakespeare nasceu em 1564 em Stratford-upon-Avon. Era o terceiro filho do casal John e Mary, de um total de oito. Desde cedo começou a ler autores clássicos, novelas, contos e crônicas, que foram fundamentais na sua formação de poeta e dramaturgo.

Aos 18 anos, casou-se com Anne Hathaway, com quem teve três filhos, Susanna e os gêmeos Judith e Hamnet, que morreu aos 11 anos. Em 1591 partiu para Londres tentando encontrar o caminho profissional tão desejado.

Entre 1582 e 1592, trabalhou como ator, dramaturgo e dono da companhia teatral *Lord Chamberlain's Men*, depois consagrada como *King's Men*. A criação de sua primeira peça, *Comédia dos Erros*, iniciou-se em 1590 e completou-se quatro anos depois. Foi nessa fase também que escreveu pelo menos 150 sonetos, mas sua fama foi conquistada não por seus poemas, e sim por suas peças.

Entre os anos de 1590 e 1602, Shakespeare escreveu comédias alegres, dramas históricos e tragédias no estilo renascentista. Depois, até 1608, passou a se dedicar especialmente ao estilo trágico, quando surgem então os clássicos *Hamlet, Rei Lear* e *Macbeth*. Depois disso, sua obra é marcada basicamente pelo lançamento de peças que têm o final conciliatório. Sua última etapa criativa foi dedicada à elaboração de tragicomédias e ao trabalho conjunto com outros autores. No total, escreveu cerca de 40 peças.

Shakespeare apresenta a natureza humana em toda a sua complexidade, como a paixão de Romeu e Julieta; o ciúme cego de Otelo; a ambição de Macbeth; a célebre frase de Hamlet "Ser ou não ser, eis a questão", conhecida até mesmo por quem ainda não teve contato com sua obra. Nas suas peças, os crimes, os incestos, as violações e as traições são ingredientes para o divertimento do público.

Shakespeare viveu o auge do teatro elisabetano, momento histórico que o favoreceu intensamente, pois desenvolveu seu trabalho teatral em pleno auge do reinado da rainha Elisabeth I, considerado o tempo de ouro da cultura inglesa. A obra do escritor aborda temas próprios da alma humana, como o amor, os problemas sociais, as questões políticas, entre outros, temática que vai além de qualquer esfera temporal, o que explica seu eterno sucesso.

Em 1610, voltou à sua terra natal, onde produziu seu último trabalho, *A Tempestade*, concluído apenas em 1613. Três anos depois, em abril de 1616, faleceu por motivos não revelados pela História.

Muitas hipóteses foram levantadas por estudiosos com relação à não existência de Shakespeare, até a de que suas obras pertenciam a outros autores. Porém, o que realmente importa é o valor eterno dessas obras, que renascem a cada nova adaptação, seja para o teatro, cinema, TV ou literatura.

Quem é Walcyr Carrasco

© WILL SANDRINI

Walcyr Carrasco nasceu em 1951 em Bernardino de Campos, SP. Escritor, cronista, dramaturgo e roteirista, com diversos trabalhos premiados, formou-se na Escola de Comunicação e Artes de São Paulo e por muitos anos trabalhou como jornalista nos maiores veículos de comunicação de São Paulo, ao mesmo tempo que iniciava sua carreira de escritor na revista *Recreio*. Desde então, publicou mais de trinta livros infantojuvenis ao longo da carreira, entre eles, *O mistério da gruta*, *Asas do Joel*, *Irmão negro*, *A corrente da vida*, *Estrelas tortas* e *Vida de droga*. Fez também diversas traduções e adaptações de clássicos da literatura, como *A volta ao mundo em 80 dias*, de Júlio Verne, e *Os miseráveis*, de Victor Hugo, com o qual recebeu o selo de altamente recomendável pela Fundação Nacional do Livro Infantil e Juvenil. *Pequenos delitos, A senhora das velas* e *Anjo de quatro patas* são alguns de seus livros para adultos. Autor de novelas como *Xica da Silva, O cravo e a rosa, Chocolate com pimenta, Alma gêmea, Caras & Bocas* e *Amor à vida* e a adaptação para a televisão do romance *Gabriela, cravo e canela*, de Jorge Amado, é também premiado dramaturgo — recebeu o Prêmio Shell de 2003 pela peça *Êxtase*. Em 2010 foi premiado pela União Brasileira dos Escritores pela tradução e adaptação de *A megera domada*, de William Shakespeare.

É cronista de revistas semanais e membro da Academia Paulista de Letras, onde recebeu o título de Imortal.